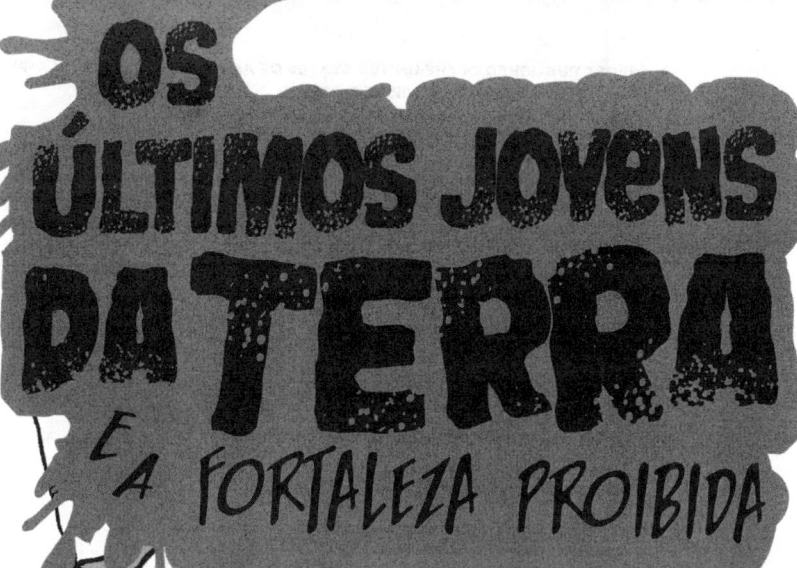

FIRST PUBLISHED IN THE UNITED STATES OF AMERICA BY VIKING, AN IMPRINT OF PENGUIN RANDOM HOUSE LLC, 2022
TEXT COPYRIGHT © 2022 BY MAX BRALLIER
ILLUSTRATIONS COPYRIGHT © 2022 BY DOUGLAS HOLGATE
PENGUIN SUPPORTS COPYRIGHT. COPYRIGHT FUELS CREATIVITY, ENCOURAGES DIVERSE VOICES, PROMOTES FREE SPEECH, AND CREATES A VIBRANT CULTURE. THANK YOU FOR BUYING AN AUTHORIZED EDITION OF THIS BOOK AND FOR COMPLYING WITH COPYRIGHT LAWS BY NOT REPRODUCING, SCANNING, OR DISTRIBUTING ANY PART OF IT IN ANY FORM WITHOUT PERMISSION. YOU ARE SUPPORTING WRITERS AND ALLOWING PENGUIN TO CONTINUE TO PUBLISH BOOKS FOR EVERY READER.

COPYRIGHT © FARO EDITORIAL, 2023

Todos os direitos reservados.

Nenhuma parte deste livro pode ser reproduzida sob quaisquer meios existentes sem autorização por escrito do editor.

Milkshakespeare é um selo da Faro Editorial.

Diretor editorial: **PEDRO ALMEIDA**

Coordenação editorial: **CARLA SACRATO**

Preparação: **GABRIELA DE ÁVILA**

Revisão: **CRIS NEGRÃO**

Capa e design originais: **JIM HOOVER**

Diagramação: **CRISTIANE | SAAVEDRA EDIÇÕES**

Dados Internacionais de Catalogação na Publicação (CIP)
Jéssica de Oliveira Molinari CRB-8/9852

Brallier, Max
   Os últimos jovens da Terra : e a fortaleza proibida / Max Brallier ; ilustrações de Douglas Holgate ; tradução de Cassius Medauar. — São Paulo : Milkshakespeare, 2023.
   368 p. : il.

   ISBN 978-65-5957-397-4
   Título original: The last kids on Earth and the Forbidden Fortress

   1. Literatura infantojuvenil 2. Histórias em quadrinhos I. Título II. Holgate, Douglas III. Medauar, Cassius

23-2369	CDD 028.5

Índice para catálogo sistemático:

1. Literatura infantojuvenil

1ª edição brasileira: 2023
Direitos de edição em língua portuguesa, para o Brasil, adquiridos por FARO EDITORIAL.

Avenida Andrômeda, 885 – Sala 310
Alphaville – Barueri – SP – Brasil
CEP: 06473-000
WWW.FAROEDITORIAL.COM.BR

Para Lila.

— M. B.

Para Illy (a ursa dourada) e Frankie (a agente do caos). As melhores garotas.

— D. H.

Eu dou de ombros. Eu não tenho como mudar o que estou vendo. Não sou culpado por nossos jogos de *Eu Vejo* estarem ficando repetitivos. Estamos sentados no mesmo lugar, olhando para a mesma coisa, por muito tempo.

E não muito tempo como horas. Não. June e eu estamos empoleirados neste outdoor, olhando para aquela fortaleza, há *semanas*.

Estamos fazendo vigilância. Somos basicamente espiões. Espiões que fazem sua espionagem de *muito longe*.

E espionar de longe é bom, porque toda a *vibe* da fortaleza mexe com a minha cabeça. Como olhar para uma ilusão de ótica que você não consegue entender direito.

Estamos nisso há tanto tempo que praticamente transformamos este outdoor em nossa casa longe de casa (*bem* longe de casa). Está quase aconchegante agora. Temos almofadas daquelas vendidas em estádios, uma máquina de chocolate quente movida a energia solar e coisas para ler suficientes para durar até o próximo fim do mundo.

No lado positivo, é ótimo eu e a June termos algum tempo só para nós dois. Temos cerca de duzentas piadas internas e somos praticamente melhores amigos que nunca discutem...

Tem sido umas semanas muito longas e muito estranhas. Quão estranhas? Ah, eu vou te contar os movimentos... e as locações.

Bem aqui: June e eu, empoleirados na passarela do outdoor. June está agachada usando um gorro de tricô e uma jaqueta militar... é um visual legal, e estou chateado por ela ter pensado nisso primeiro. Tudo o que tenho é um boné de beisebol simples e minha câmera.

E logo abaixo de nós: um trilho de trem elevado.

O trilho leva até a coisa *a distância*: a fortaleza que parece o tipo de coisa que o Esqueleto do He-Man alugaria para uma festa de 15 anos. É um estranho meio assombrado. Será que foi construído aqui? Foi feito por algum arquiteto monstro louco? Nós não sabemos. Só sabemos que *não é normal*.

O que também não é normal: a Mão Cósmica. A luva de tentáculo de monstro de outra dimensão coberta de ventosas que está enrolada para sempre em meu pulso e dedos. A Mão Cósmica costumava fazer uma coisa e apenas uma coisa: permitir que eu empunhasse o Fatiador e usasse a energia de outra dimensão dele para controlar zumbis.

Mas então eu fiz algo bizarro. Eu controlei um zumbi sem o Fatiador, *apenas* com a Mão Cósmica.

Desde então, a Mão Cósmica tem, tipo... *evoluído*.

E nas últimas semanas, ela mudou muito.

O que é assustador. Assustador o suficiente para eu manter isso em segredo.

Eu me sinto como aqueles personagens de filmes de vampiro que são mordidos, mas não querem que ninguém saiba, então eles têm que esconder as marcas de mordida, o que os torna cada vez mais paranoicos e malucos.

De verdade, eu até comprei essa jaqueta extralarga de mangas supercompridas para manter a parte crescente e mutante da Mão Cósmica escondida. Mas se olhar abaixo dela, você verá...

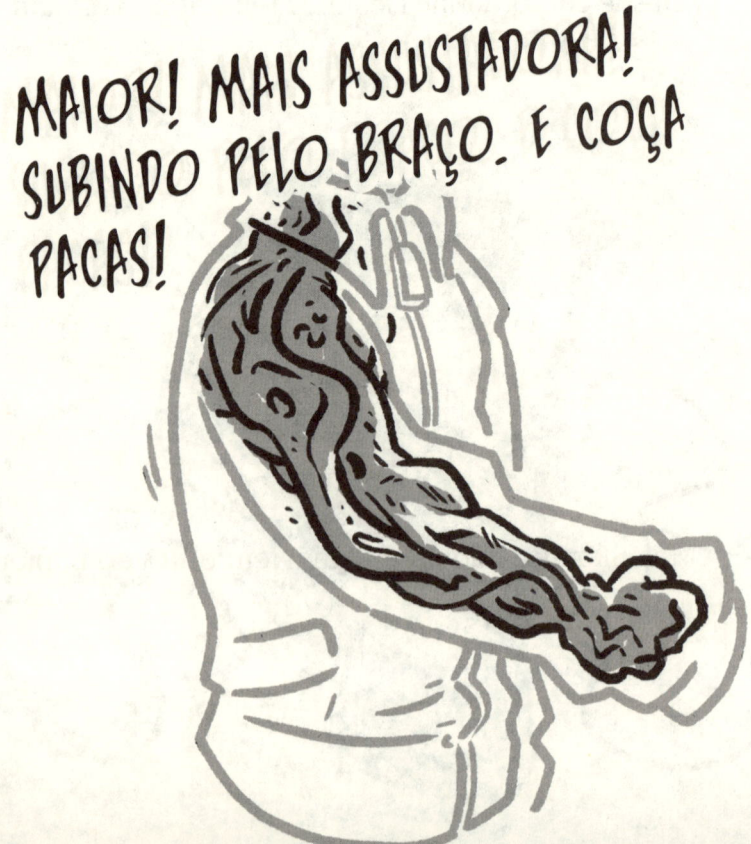

MAIOR! MAIS ASSUSTADORA! SUBINDO PELO BRAÇO. E COÇA PACAS!

A Mão Cósmica está começando a parecer uma... parte de mim.

Ou pior, que eu sou parte dela. E não há nada que eu possa fazer. Quer dizer, se minha amiga monstra Skaelka estivesse aqui, tenho certeza de que teria algumas sugestões de como me livrar disso, mas não gosto nem de imaginar quais seriam...

Mas Skaelka não está aqui. Nem o Rover. E, pior ainda, nem Quint, Dirk e nem o Babão. Perdemos eles.

E eu estou preocupado com eles.

E estou preocupado de estar me transformando em um MONSTRO de verdade.

Toda essa preocupação é demais para eu manter guardada dentro de mim. Vou acabar explodindo.

Eu sei o que preciso fazer. Preciso contar a June sobre a Mão Cósmica... como ela está mudando fisicamente, tipo, muito. Porque talvez isso ajude a liberar algum espaço na minha consciência.

Eu tenho tentado criar coragem para contar a ela nas últimas semanas, mas não consegui fazer as palavras saírem da minha garganta. Toda vez que começo, perco a coragem, e é tipo...

Mas hoje é o dia.

Eu vou dizer a ela. Desembuchar logo. Sem desculpas. Só vou dizer e pronto. Em alto e bom som. Com minha boca.

Certo... AGORA.

— June, escuta — começo a dizer, pensando na dor que já está dando na minha barriga para fazer a confissão. — Eu tenho que te contar uma coisa. E é uma coisa que pode ser muito, muito...

Bem naquele momento, meus dentes começam a bater. O outdoor chacoalha. Ouvimos o som de gelar a espinha, de metal enferrujado rangendo contra um metal ainda mais enferrujado.

O trem está chegando.

— Dá uma pausa no que você quer contar, cara. O trem está quase aqui — June fala. — Está na hora.

— Ela está tentando parecer calma, embora o que estejamos prestes a fazer não seja algo a respeito do qual alguém poderia ficar calmo.

De repente, o trem aparece correndo abaixo de nós, as rodas guinchando e chiando.

June fica de pé.

— Ali está ele. — Ela aponta. — O pequeno Manchador.

O Pequeno Manchador é o único sentinela-monstro empoleirada no topo do trem. Chamamos esses sentinelas de Manchadores por causa das manchas de lodo que eles deixam para trás quando andam. E nós chamamos esse aqui de Pequeno Manchador porque, bom, ele é menor que os outros.

June vai até a borda do outdoor. Eu engulo em seco e a sigo, bem na hora que ela grita:
— PULE!
E nós pulamos...

ESPERE, PAUSA, TEMPO!

Você deve estar confuso com essa situação. Talvez mais do que eu sobre minha mão idiota.

Deixa eu explicar rapidinho...

Bom, eu estava em campanha para ser prefeito da Cidade Maiorlusco, a comunidade de monstros amigos (quase todos) que vivem dentro do Shopping Millennium, que se fundiu na parte de cima de um monstro centopeia que chamamos de Maiorlusco.

Então algumas coisas aconteceram bem rápido.

Primeiro, descobrimos que o Maiorlusco estava viajando direto em direção ao nosso arqui-inimigo Thrull, depois de ser secretamente sequestrado por um de seus servos malignos. E... isso foi meio que culpa minha. Eu tinha prometido proteger os monstros a bordo do Maiorlusco, mas o tempo todo, eu estava, sem querer, entregando-os à sua destruição, para se tornarem os servos eternos de Thrull. E foi tudo devido à minha decisão imprudente, desleixada e impulsiva de usar a Mão Cósmica.

Então abandonei minha campanha para prefeito, decidi parar de ser educado e começar a mandar a real. Falar A VERDADE.

Mas foi quando Thrull apareceu com um exército. Ele estava a segundos de destruir todos nós quando Ghazt entrou na luta, enfrentando Thrull. EBA!

Mas então Thrull esfaqueou Ghazt com uma ponta de osso. MEIO EBA, MEIO NÃO!

Quando Thrull agarrou o Ghazt ferido, ele disse uma coisa. E FOI algo que muda muitas coisas para nós:

— Tenho grandes planos, Ghazt. Para completá-los, preciso do que está na sua cabeça. E vou conseguir. Conheço uma criatura que vai arrancar a informação do seu cérebro.

E do que quer que Thrull precise do cérebro de Ghazt, é algo que queremos também. Não importa qual seja a informação, porque a primeira regra para derrotar um senhor da guerra do mal: nunca deixe esse senhor da guerra do mal conseguir o que quer.

Thrull partiu levando Ghazt... para entregá-lo à misteriosa criatura que, aparentemente, é especializada em bisbilhotar informações de cérebros? Trabalho estranho. Como alguém entra nisso? É como um acordo de aprendizagem?

Estava longe de ser uma vitória. O Maiorlusco estava ferido, bem ferido.

Mas poderia ter sido muito pior.

Espere, não, na verdade, foi muito pior.

Porque depois que Thrull escapou, descobrimos que Quint, Dirk e Babão tinham desaparecido. Simplesmente e completamente desaparecidos!

A única razão pela qual não estou paralisado pela tristeza e pelo medo agora é porque Yursl, a conjuradora residente do shopping e meio que professora de Quint, jura que Quint e Dirk estão vivos, em algum lugar. Ela diz que eles foram apenas teletransportados. E eu tenho que acreditar nela porque estamos falando do meu melhor amigo. E meu... Dirk. Além do Babão, que é adorável, essencial e perpetuamente pegajoso.

Johnny Steve, o verdadeiro prefeito da Cidade Maiorlusco, nos ajudou a reunir grupos de busca. Monstros voluntários saíram, montando criaturas Carapaças, em busca de nossos amigos.

Há muito o que fazer e não há tempo a perder.

Porque Thrull está construindo a Torre. E quando terminar e a ativar, Ṛeżżőcħ, o Antigo, Destruidor de Mundos, entrará em nosso mundo e fará o que ele faz tão bem, que na verdade faz parte de *seu nome*: DESTRUIR O MUNDO!

Então, June e eu deixamos o Maiorlusco, para que se curasse, e o grupo de busca das Carapaças, para encontrar nossos amigos, e resolvemos perseguir Ghazt e Thrull nós mesmos.

Na verdade, Thrull não foi muito difícil de rastrear. Apenas seguimos o rastro de destruição e excesso de folhagem. E isso nos trouxe até aqui.

Até a fortaleza.

Foi aqui que a trilha de Thrull desapareceu. O que significa que foi para lá que ele levou Ghazt.

O Maiorlusco finalmente nos alcançou e estacionou sob uma passagem subterrânea próxima. Agora June e eu o usamos como base de operações, voltando todas as noites para ver se o grupo de busca das Carapaças tem alguma atualização sobre Quint e Dirk.

E todas as manhãs, voltamos ao outdoor para vigiar a fortaleza, tentando bolar um plano para impedir que essa criatura amiga de Thrull extraia as informações do cérebro de Ghazt.

Mas nossos planos sempre começam e terminam com "entrar na fortaleza e descobrir o que está acontecendo".

Entrar na fortaleza não será fácil. Pensamos em pular nos trilhos do trem e passar por uma das portas enormes e musculares da fortaleza. Mas então vimos um pássaro rebelde tentar fazer isso e desistimos bem rápido...

Então bolamos um novo plano: pular em um trem, sequestrar o Pequeno Manchador e conseguir informações dele!

E esse novo plano começou, momentos atrás, quando demos aquele grande salto ridículo e...

Certo, já te atualizamos, voltamos ao presente e à ação em tempo real!

— AAAAAAA!

Alguém grita. Pode ter sido June. Pode ter sido eu. Pode ter sido nós dois, porque...

Nosso plano começou mal. Erramos totalmente o salto e agora estamos despencando, e não em uma trajetória para agarrar e prender o Pequeno Manchador.

Capítulo Dois

Sim, erramos completamente o nosso objetivo que era cair em cima do Pequeno Manchador e acabamos atravessando o teto do trem como um par de mísseis humanos.

Já caiu do teto de um trem e depois ainda aterrissou em cima da cabeça de um monstro? Eu não recomendo.

— Teria sido melhor o plano do pássaro explodindo — resmungo, me sentando.

Acabamos de pousar em um lugar cheio de maldade monstruosa, um trem indo em direção a uma porta que nos explodirá ao entrar em contato. Além disso, acho que torci o tornozelo, então sim, *nada está indo bem agora*.

Caramba, isso é embaraçoso, mas... acho que entramos no trem errado. Este é o expresso ou o local?

Queríamos entrar no trem não tão cheio de monstros.

O expresso.

— Estamos mortificados — continuo. — Desculpem a intromissão. Vamos sair do caminho de vocês — acrescento na minha voz mais indiferente, enquanto tento casualmente pegar a alavanca de EMERGÊNCIA do trem.

Um Manchador ruge algo para os outros, que, se eu tivesse que adivinhar pela reação deles, poderia ser traduzido aproximadamente como PEGUEM ELES!

— De agora em diante — June diz enquanto pula de pé —, deixa os grandes planos para mim, CERTO, Jack?

— Este plano ERA o SEU!
— Não, não. Não acho que seja, não.
— Foi um plano totalmente seu! — digo.

E então não digo mais nada por um tempo porque é hora da batalha.

É quase caótico demais para descrever. Uma luta ferrenha em um lugar pequeno. Garras monstruosas atacam, garras rasgam e cortam o ar... é um turbilhão de ação.

Ouço um estrondo abafado e então dois Manchadores são lançados pelo teto.

— E fique longe daqui! — June diz, tirando a poeira e sacudindo a Arma em seu braço.

O Fatiador se sente em casa na minha mão, mas não está totalmente em casa neste vagão. Eu tento desencadear uma destruição, mas quando eu giro minha arma...

THUNK!

A lâmina se crava na parede e fica lá.

— Argh! Fatiador estúpido, parede estúpida... — murmuro, enquanto tento arrancá-lo de lá. Um Manchador ergue o braço para trás, não é realmente um braço, mas mais um apêndice de espada de carne e osso irregulares.

— Certo, aqui é simplesmente muito apertado para lutar! — comento. — Quero dizer, podemos pelo menos concordar com isso?

De repente, minha cabeça vira para trás. Outro Manchador agarrou minha jaqueta e está me arrancando do chão. Acho que ele não concorda.

— Ei, ei, espere um segundo, pode ser?! — eu gaguejo. — Vamos conversar sobre isso? Nós só precisamos colocar nossas cabeças para pensar juntas!

E com isso...

Certo, preciso de um remédio forte para dor de cabeça. Extraforte. Além disso, minha frase "precisamos colocar nossas cabeças para pensar juntas" não soou tão legal quanto achei que seria.

Mas funcionou. O Manchador me soltou, provavelmente surpreso pela pura estupidez da minha manobra.

Finalmente consigo soltar o Fatiador da parede, então mergulho entre as pernas do monstro e deslizo em direção à alavanca de emergência do trem.

Estico a mão, tentando pegar a alavanca... só mais... alguns centímetros. Mas então...

— Argh! Me... SOLTA!

É a June. O grito nervoso dela preenche o vagão, seguido por um THWOCK!

June grita de dor. Em meio à confusão, eu a vejo.

Ver minha amiga em perigo faz minha Mão Cósmica pulsar e meu coração bater forte no peito. Eu tenho que ajudá-la! EU...

WHAM!

Um Manchador me ataca. Eu bato contra o chão com força. Algo pesado, imagino que seja o pé encharcado de lodo da criatura, pisa nas minhas costas, me empurrando para baixo.

Mais.

E mais forte.

Me esmagando no chão como se eu fosse uma barata suculenta em forma de Jack.

Algo dentro de mim estala. Possivelmente um rim. Espero que seja um rim, pelo menos eu tenho dois deles.

Só tenho um pensamento em mente: ajudar June.

A Mão Cósmica começa a pulsar e a pulsar, praticamente roendo a carne do braço por baixo dela enquanto estendo a mão para June. Pontos preenchem minha visão, mas eu não tenho certeza se é porque a Mão Cósmica está fazendo coisas estranhas ou se é o pé do Manchador pressionando o que resta de ar para fora de meus pulmões.

Eu me remexo, tentando esticar meu braço estendido, desejando que fosse cerca de cinco vezes mais longo.

Mas estou longe demais.

E mais monstros estão chegando perto de June. Seus corpos enormes se aglomeram ao redor dela, até que ela fica completamente fora de vista.

Mas, ainda assim, continuo esticando o braço. A estranheza sobrenatural e incognoscível da Mão Cósmica crava profundamente em meu braço, como unhas irregulares, apertando, tentando tirar sangue, até que de repente...

Bem, eu não sei o que acontece exatamente.

A Mão Cósmica irrompe, rasgando minha manga, tornando-se uma gavinha rodopiante preta e roxa, atacando e derrubando o Manchador das minhas costas, depois ficando rígida quando se projeta para frente e...

WHA-KKKSSSSSHHHH!

Antes que eu possa dizer: "Mas que po..." tudo acabou. Tão rapidamente quanto a Mão Cósmica mudou, ela retornou à sua forma original. A lança carnuda é puxada de volta para minha mão. O sangue lateja em meus ouvidos, mas acima do latejar, ouço...

June. Gritando.

Piscando os pontos pretos que obscurecem minha visão, vejo o Manchador mais próximo de June girando descontroladamente, grunhindo, agarrando seu ombro com dor. Ele cambaleia até a parede mais distante, e eu vejo...

June.

Seu grito foi um grito *bom*.

Ela está segura agora.

Eu a salvei.

Não, não exatamente.

A Mão Cósmica a salvou.

Mas...

Uma fina mancha de sangue cobre sua bochecha. Algumas mechas de cabelo recém-cortadas caem em seu ombro.

A Mão Cósmica cortou o rosto dela.

Machucou-a.

Eu encaro a coisa monstruosa em meu braço, horrorizada. *O que você FEZ?*

June lança seu braço para cima, acertando o cotovelo no estômago do Manchador atrás dela.

Lodo é derramado, e o Manchador geme.

Correndo à frente, June ruge:

— ABRA ESSA PORTA, JACK!

Levo um segundo para me movimentar.

June está detonando e socando os monstros, mas tudo o que vejo é o sangue em seu rosto. Eu fiz isso. A Mão Cósmica fez isso. Porque por um instante, ela se transformou em uma Lança Cósmica carnuda. Não é para ela fazer isso. Não deveria *fazer nada*, especialmente não sem minha *permissão expressa*. Se for fazer sozinha, isso significa...

KLUNK!

De repente, o Pequeno Manchador, aquele que deveríamos capturar rapidamente ao pular no trem, desce do teto.

June o vê de canto de olho e levanta sua Arma. Então seu braço se move e há um *twang*! Um laço é lançado e prende o Pequeno Manchador.

— Vamos, Jack! — ela grita.

— Hã? — respondo ainda meio perdido em meus pensamentos, ponderando sobre a Mão Cósmica e o que ela acabou de fazer.

— A porta! — June grita novamente. — O que você está esperando? O Natal?

— Ah, sim! — respondo, finalmente acordando. Fico em pé, pego a alavanca, jogo todo meu peso nela e...

KA-CHUNK!

A porta se abre, e o vento entra chicoteando.

— Hora de sair daqui! — June grita. — E vamos embora com uma lembrancinha!

June tromba comigo, arrastando o Pequeno Manchador atrás dela. Nós três atravessamos a porta, então...

Estamos fora do trem.

Eu adoraria me virar, tirar um momento para inclinar meu boné para os outros guardas monstruosos rosnando, mas, infelizmente, meu boné descolado de agente secreto foi arrancado pelo vento durante nosso salto.

Atingimos o chão como uma bola saltitante voando para fora de uma máquina de brinquedo de cinquenta centavos... e, instantaneamente, a linha de laço da Arma prende nós três enquanto caímos por uma rua íngreme e montanhosa, em uma avalanche emaranhada e caricatural de corpos saltitantes...

Capítulo Três

Quando finalmente paramos de cair e rolar, estamos esparramados no concreto. Meus olhos continuam girando por um longo tempo, e quando eles finalmente param e focam, eu vejo cabelos. Os cabelos de June, na minha cara. E fazem cócegas.

— Quando foi a última vez que você lavou o cabelo? — pergunto a ela. — Talvez seja bom você lavar de novo logo porque meio que fede a xarope de bordo.

June resmunga.

— Não é o meu cabelo, bobão. Olhe em volta.

Eu me sento e vejo que caímos no estacionamento de uma lanchonete à beira da estrada: O Celeiro das Panquecas da Suzie. As moscas zumbem em padrões preguiçosos. E são barulhentas.

Mas não tão barulhentas quanto o som de ossos estalando e quebrando, que vem do Pequeno Manchador, ele está se levantando. Articulações e membros estalam em ângulos impossíveis e não naturais permitindo que ele se liberte da linha do laço.

Mas June e eu... e nossos malditos membros não quebráveis e remontáveis... ainda estamos presos.

> ACHARAM QUE ME CAPTURARIAM PORQUE SOU O PEQUENO? FOI UM ERRRRO..

> Não foi, tipo, um julgamento de altura.

O apêndice de garra brilhante e gotejante do monstro se abre, revelando uma série aterrorizante de pontas de agulha.

— Opa, opa, opa... ESPERA! — June fala, levantando uma mão. — Será que você pode, tipo, pegar leve com a gente? Porque, hã...

— Porque, bom... — começo a falar, até que June complete sua frase.

— Porque o meu amigo aqui está com muito medo e assustado agora. Ele tem uma enorme fobia de agulhas.

— Mas o que... EI! — grito. — Não tenho. É *você* que...

— Viu? — June comenta, sorrindo para o Manchador enquanto aponta para mim com a cabeça. — Meio na defensiva, né? Ele odeia agulhas. No médico, ele fecha os olhos, mas fala para a enfermeira avisar quando for espetar, porque ele também odeia não saber.

— Nunca fomos juntos ao médico — exclamo.

O que está acontecendo aqui? Será que o apocalipse dos monstros finalmente abalou a mente dela? E, sim, odeio injeções. Todo mundo odeia. Se um dia conhecer alguém que goste de injeção, melhor sair andando, porque...

— Uma vez, com a enfermeira da escola, ele simplesmente desmaiou — June conta. — Não estou criticando, apenas contando.

O Pequeno Manchador se estica mais uma vez e um braço pendurado volta ao seu lugar. Seu ombro faz um som como dois presuntos enlatados arremessados contra uma parede de tijolos. Inclinando-se para a frente, ele sibila:

— Tomei muitas injeções. Muitas. Mas ao contrário deste jovem humano covarde, eu as acolho!

— Ah, tomou várias injeções, hein? — June diz. —Da enfermeira da escola?

O Pequeno Manchador faz um som úmido e cortante.

— Do Serrote! Testemunhem: estamos agora na sombra de sua fortaleza... onde eu e meus companheiros monstros fomos transformados em incríveis. *Foi dado a nós um propósito!*

E é aí que eu entendo. June não precisa explicar, eu sei o que ela está fazendo. É quase como uma prova de que ela e eu temos uma conexão especial? Gostaria de pensar assim.

— Aahh, o Serrote — digo, entrando no papo. Parece que talvez seja a criatura para quem Thrull estava levando Ghazt, mas eu tenho que ter certeza.

— Nome estranho para uma enfermeira escolar...

— Ele não é enfermeira escolar! Ele é uma mente brilhante!

— Aah, isso é realmente perfeito! Porque um de seus amigos me deu este pequeno corte aqui — June fala, virando sua bochecha ferida para o Pequeno Manchador. — Talvez o Serrote possa me costurar?

Minha garganta fica seca ao ouvir isso. A Mão Cósmica pulsa. Porque esse corte foi feito por mim. Não por um Manchador.

— Ele faria mais do que costurar. Ele ainda não teve um corpo humano para fazer *experimentos*. Mas... NÃO! Eu não vou entregar você a ele, pois ele está muito ocupado com Ghazt.

— Ah, você conhece Ghazt? — June pergunta. — Nós conhecemos Ghazt!

— Você não conhece Ghazt — diz o guarda, sibilando. — Você só *conhecia* Ghazt. — O rosto estreito e parecido com um inseto do Pequeno Manchador se transforma em algo como um sorriso astuto. — Ele era um companheiro seu?

Não tenho certeza de como responder a essa.

Não mesmo.

Como você chama um General Cósmico com quem tem lutado pelo que parece uma eternidade? Um monstro rato interdimensional cujos poderes foram roubados por Thrull, e depois roubados novamente, de Thrull, por mim, quando o tentáculo Sucatken em minha mão sugou os poderes de Ghazt, transformando aquele tentáculo na Mão Cósmica?

— Nós éramos mais como... colegas? — digo finalmente. — Na verdade, concorremos ao mesmo cargo. Foi uma campanha árdua, mas suponho que haja um respeito mútuo relutante depois de algo assim...

— Então terei uma grande alegria em sua tristeza — o Pequeno Manchador começa a falar, com sua boca horrível se contorcendo em um sorriso arrogante — quando eu lhes disser que...

> GHAZT ESTÁ MORTO.

O QUÊ??

Morto?! Espera... Não. Isso não é... Morto? Caso meus pensamentos cerebrais não tenham deixado claro o suficiente, eu grito:

— Morto? Espera... Não. Isso não é... *Morto?*

Quero dizer, Ghazt não estava nada bem quando Thrull o levou carregado, mas morto? Será que ele realmente morreu? De verdade?

June olha para mim. Suspeito que ela esteja pensando o que eu deveria estar pensando: e as informações dentro do cérebro de Ghazt? É isso que importa. Se ele está morto, isso significa que Thrull já conseguiu o que queria?

— Uau — June diz. — Isso é... um verdadeiro choque. Para nós dois. Vai haver, tipo, um funeral? Eu adoraria olhar para sua bela... — June faz uma pausa, como se estivesse engolindo vômito, antes de terminar com: — cara de rato uma última vez.

O Pequeno Manchador responde rindo.

— Não sobrará muito dele para o funeral, uma vez que o Serrote acabar a extração de conhecimento.

— Espera aí! — June diz. — Isso ainda não pode acontecer!

O Pequeno Manchador olha para June interrogativamente.

— E por quê?

— Nós somos... hã...

— Os contatos de emergência dele! — falo.

June suspira.

— Sim. Isso que Jack disse. Nós éramos os contatos de emergência de Ghazt, o General Cósmico.

— E você não pode iniciar uma extração de conhecimento sem informar os contatos de emergência! Imaginando que a extração de conhecimento é o que pensamos que é... — digo, não terminando a frase e esperando que o Pequeno Manchador me ajude.

— A extração de conhecimento — o Pequeno Manchador começa a dizer — é perfurar o cérebro morto de Ghazt para encontrar e remover os Esquemas da Torre.

Essa notícia me atinge como uma bomba. Enquanto estávamos sentados, observando a fortaleza, esse tal Serrote estava lá dentro tentando arrancar projetos da cabeça de Ghazt.

Mas por quê? A Torre já está sendo construída. Eu vi quando agarrei o Blargus com a Mão Cósmica, ligando-me psiquicamente a Thrull por um breve e horripilante momento. E parecia que Thrull estava fazendo um bom progresso...

— Ah, certo, os esquemas para o Thrull — June fala. — Ghazt nos contou tudo sobre isso. Porque nós éramos amigos, como eu disse. Thrull deve estar feliz.

— Thrull não está feliz! — o Pequeno Manchador ruge.

— Todo o trabalho na Torre está parado. Agora milhares de soldados esqueletos e monstros estão apenas sentados, brincando de morder os nós dos dedos! Nada para fazer. Thrull não ficará feliz até que a extração de conhecimento esteja completa e os esquemas estejam em sua posse.

Dou um suspiro tão grande de alívio que provavelmente parece um bocejo de segunda à tarde. A extração de conhecimento ainda não terminou nem a Torre. Ainda há tempo!

Então, há, por curiosidade, o corpo de Ghazt está lá, cercado apenas por monstros? Gosto de pensar nele cercado de amigos.

RÁ! ADORO CONTAR COISAS QUE NÃO OS DEIXARÃO FELIZES. NENHUM AMIGO, NENHUM PRISIONEIRO, SÓ O SERROTE, GUARDAS E O CORPO DE GHAZT.

Pequeno Manchador sorri.

— O Serrote não pode ser distraído agora. É por isso que vou acabar com você aqui mesmo.

Com isso, o Pequeno Manchador levanta seu braço de garra bem alto. As agulhas brilham à luz do sol da tarde.

— Bem, isso foi informativo e divertido — June exclama, estalando a língua. Então ela se vira para olhar para mim. — Agora?

— Agora, o quê? — pergunto.

— Sério, cara? — ela pergunta, estendendo a mão para apertar um botão na Arma. — Agora, como, como em...

Clique!

— AGORA!

June aperta o botão na Arma e, em um piscar de olhos, a linha de laço é liberada.

— Espera, você poderia ter nos libertado o tempo todo? — exclamo, lutando para ficar de pé mais rápido do que o Pequeno Manchador pode reagir.

— Sim, Jack, tente acompanhar o que está acontecendo!

Eu tento pegar meu Fatiador, quando...

STOMP!

O pé áspero do Pequeno Manchador pisa nele.

Seu corpo monstruoso *muda*. Músculos se rasgam, ossos se dividem e se reafixam conforme ele cresce, ficando maior, deixando claro que Pequeno Manchador provavelmente *não* era um bom nome para esse cara...

EU FALEI. NÃO DEVIAM TER MEXIDO COMIGO!

Capítulo Quatro

June e eu damos três passos nervosos para trás.

O Não Tão Pequeno Manchador se aproxima. Então, de repente, uma voz surge, trovejando de trás das árvores:

— EU ME ENCONTRO DE NOVO COM VOCÊS AGORA NA MUDANÇA DA MARÉ.

Hã? Eu olho ao redor, procurando a origem da voz, mas não encontro nada. Então...

WA-FOOM!

GOOSH!

Uau!

O Pequeno Manchador sumiu. Obliterado! Pequenos pedaços de papel flutuam no estacionamento, pairando como penas ao vento. Cada pedaço de papel tem uma pequena imagem de um Manchador, como figurinhas de beisebol.

— Hã... — digo, olhando desconfiado para minha Mão Cósmica.

June levanta a Arma e balança a cabeça.

— Não fui eu.

Um ruído acima de nós. June e eu erguemos a cabeça para ver...

> Ele estava louco pra usar uma frase de impacto.

— QUINT! DIRK! — exclamo. — Vocês estão vivos!

— Claro que sim. E nós salvamos suas vidas — Dirk afirma, sorrindo. E ver aquele sorriso quase fez meu coração explodir de felicidade.

O Babão desliza do punho da espada de Dirk e atinge o chão com um chiado feliz. Uau. O Babão não é mais um bebezinho molenga.

— Quint fez o salvamento — rosna uma voz.

E, novamente, sou atingido por uma onda de choque e surpresa.

É Skaelka, vindo atrás deles, montando uma Carapaça. Ela está com armadura completa, *a armadura construída por Quint*, eu percebo, e carregando um machado gigante.

— Skaelka também! — June grita. — Ei, garota!

Em um piscar de olhos, estamos todos correndo em direção uns dos outros.

— Estamos todos vivos e juntos novamente! — grito.

Quint, é uma arma de raios?

Cajado de Conjurador! Quase controlo totalmente as conjurações agora!

Quase?

É uma longa história. Leia o livro.

MEEP!

— Mas como vocês estão... tipo... aqui? — Ainda estou tão atordoado que mal consigo colocar meus pensamentos em uma pergunta coerente. — Yursl prometeu que você sobreviveria ao teletransporte, mas, cara, estávamos com tanto medo, você não tem ideia, eu não posso nem... Enviamos cerca de um zilhão de monstros para procurar vocês!

— Nós sabemos — Quint diz. — Encontramos Smud e Johnny Steve; eles nos disseram onde vocês estavam.

Smud, seu servo tolo de Ghazt. Se prepare pra comer aço!

Não, Dirk... Li dois livros de controle da raiva para o Smud e ele é um cara legal agora!

EU ADORO COMER AÇO. OBRIGADO POR ME OFERECER AÇO.

Eu gostaria de ter um minuto a sós com Quint. Quero ouvir tudo sobre onde ele esteve, o que fizeram, quem eles...

Espera.

Skaelka também está de volta.

O que significa que o Rover deveria estar aqui. Eu olho ao redor, examinando carros e lojas ao redor, esperando que ele salte, fazendo uma grande surpresa canina. Mas, quando capto o olhar de Skaelka, meu estômago dói e meu corpo se contrai, apenas ligeiramente.

— Skaelka... — começo a falar. — Onde está Rover?

Skaelka dá um passo à frente e se ajoelha na minha frente.

— Fiz um juramento a você, Jack. E lamento não ter podido mantê-lo.

Pavor, daqueles de ficar com pernas trêmulas, me inunda.

— O que você quer dizer com... mas...? O Rover está...?

— Ele está bem, amigo — Dirk afirma, entrando na conversa. — Ele está vivo. Apenas... não aqui. Lá fora.

Skaelka inclina a cabeça... depois me explica:

— Os inimigos pegaram Rover e eu desprevenidos. Eles desceram do céu. Skaelka saltou para a batalha e, como jurei, mantive Rover vivo.

Eles voltaram sua fúria para Skaelka. E enquanto me levavam, a última coisa que vi foi Rover, ileso, mas sozinho...

Tento engolir, mas minha boca está seca como um deserto. Sozinho! Rover está por aí, completamente sozinho? Quem vai fazer carinho nele? Quem vai dizer que ele é um bom garoto?

— Ele é um monstro, pode cuidar de si mesmo — June fala, tentando me tranquilizar.

— Pode ser! Mas ele não deveria ter que fazer isso! — digo, tentando não gritar e quase falhando. — Nós deveríamos estar juntos! Nós todos deveríamos estar...

Eu paro, de repente me sentindo muito cansado. Fecho os olhos e tudo que vejo é Rover por aí, sozinho na selva, caçado pelos horríveis soldados de Thrull. Eu nunca deveria tê-lo deixado ir com Skaelka.

Eu falhei com ele.

Skaelka olha para mim.

— Jack, eu juro para você, vou consertar meu erro. Eu vou...

— Está tudo bem, Skaelka — afirmo, interrompendo-a. Isso é uma grande mentira, não está tudo bem, mas deixa para lá. — Fui eu quem o deixou ir. Fui eu quem falhou com ele.

E essa parte não é mentira.

— Agora, por favor, levante-se, Skaelka. Você está me deixando muito desconfortável.

Sinto que todos estão olhando para mim.

Sei que eles querem que eu aja como se tudo estivesse bem. Mas não está. Embora, agora, meio que tenha que estar...

Eu me viro para Dirk e Quint.

— Queria sair e procurar por vocês mais do que jamais quis qualquer coisa. Mas não consegui. E agora... é a mesma coisa de novo. Não posso sair à procura de Rover. Por causa de Thrull. Ghazt. Essa fortaleza. Mas assim que terminarmos com tudo isso...

— Nós vamos encontrá-lo — Dirk jura. — Isso é uma promessa. Como você me prometeu que traríamos o Babão de volta.

Concordo com a cabeça e rapidamente me viro, meus olhos estão cheios de lágrimas e não quero que meus amigos vejam isso. Há muita coisa acontecendo.

— Está bem — digo, suavemente.

Quint suspira de repente. Ele está olhando para a fortaleza. Do estacionamento, parece alta como uma montanha.

— O que vocês encontraram aqui?

— Não apenas o que encontramos, mas o que aprendemos — June explica.

As palavras de June ajudam a me recarregar. São um lembrete de que grandes coisas que colocam o mundo na balança estão acontecendo. E temos coisas para fazer. Em breve.

— É algo GRANDE — digo, forçando um pouco de otimismo em minha voz. Vou precisar fingir até conseguir agora.

— Ghazt está... — June começa a falar. — Esperem só... Esperem mais um pouco.

— Espere ainda mais um pouco — acrescento, sorrindo.

— Ghazt está...

— Morto — Dirk completa. — Nós sabemos. Ouvimos essa parte.

— Ah. — June e eu franzimos a testa. Nós dois estávamos muito ansiosos para entregar essa notícia monumental nós mesmos.

Rapidamente informamos nossos amigos sobre as partes que eles não ouviram: o Serrote, a extração de conhecimento e o Esquema da Torre sendo sugado da cabeça de Ghazt.

— Esperem... — Quint diz quando terminamos. Vejo um sorriso crescendo em seu rosto. — Vocês dois fizeram uma... INTERROGAÇÃO INVERSA?

June sorri.

— Claro que sim. Estilo Viúva Negra. E funcionou perfeitamente.

— Então por que vocês dois estavam prestes a ser devorados quando chegamos aqui? — Dirk pergunta.

— Isso foi depois do interrogatório reverso — explico.

Percebo que Skaelka se afastou alguns metros e está com os olhos fixos na fortaleza a distância.

Com um zumbido baixo, ela diz:

— A fortaleza caiu da minha dimensão.

Hã... como assim? Não sabia que isso podia acontecer. Imagino o que mais poderia cair de lá...

Está chovendo chapéus de festa!

MUITOS CHAPÉUS!

De repente, Quint e Dirk trocam olhares... eles sabem de algo que não sabemos.

— Nós já vimos isso antes — Quint fala. — Nas memórias de Skaelka.

— Aquela fortaleza — Dirk diz, com seus olhos se estreitando. — É onde o Drakkor foi torturado.

Estou prestes a perguntar o que é um Drakkor e como exatamente Quint e Dirk viram as memórias de Skaelka, quando ela fala e suas palavras desviam completamente minha linha de pensamento, porque são arrepiantes até os ossos.

— É também onde fui mantida prisioneira — Skaelka entoa. — Onde fui torturada pelo Serrote. Ele é... cruel. Pior do que vocês podem imaginar.

— Espere aí, como assim? — June pergunta. — Prisioneira?

— E você era... torturada? — pergunto, horrorizado. Dirk preenche o resto.

— Eles mexeram com o cérebro de Skaelka, mexeram com suas memórias como uma sopa de letrinhas. É... — Ele para com um estremecimento. Babão oferece um *meep* reconfortante.

— Esperem aí... — digo. — Isso tudo aconteceu lá? O mesmo lugar que estamos vigiando? Onde esta criatura, o Serrote, está tentando remover o Esquema da Torre do cérebro de Ghazt?

Você sabe quando coloca moedas em uma máquina de venda automática e, logo antes de pegar seus chocolates, há aquele som de *ka-CHING* satisfatório quando o dinheiro cai no lugar?

Esse é o som que imagino todos os nossos cérebros fazendo.

53

— Os Esquemas da Torre — Quint repete —, ainda estão no cérebro de Ghazt.

E então imagino o som novamente: outro *ka-CHING* enquanto June diz:

— Isso significa que, se conseguirmos obter os esquemas primeiro... e destruí-los...

KA-CHING TRIPLO!

— Podemos vencer.

— Sem os esquemas, Thrull não consegue finalizar a Torre!

— É VERDADE. E SEM A TORRE, REZZOCH JAMAIS CONSEGUIRÁ ENTRAR NESTA DIMENSÃO.

— Podemos acabar com isso! DE UMA VEZ POR TODAS!

Capítulo Cinco

Eu me sinto formigando. Como chupar uma bala de menta enquanto bebe refrigerante. É uma onda de felicidade doce e refrescante.

June toca ansiosamente em sua Arma.

— Então é isso, né? Simplesmente explodimos a fortaleza? Uma grande explosão e então vencemos?

— Um pouco agressivo — Dirk fala —, mas eu gosto.

— A fortaleza só pode ser destruída por dentro — Skaelka explica.

Quint acena com a cabeça, esfregando o queixo.

— OK, então, Jack, June, como entramos?

June olha para mim. Eu olho para ela. Nossos rostos contam a mesma história.

Dirk suspira.

— Você se esqueceu de perguntar àquele monstro como entrar, não é?

— Mas eu tinha essa pergunta bem aqui! — exclamo. — Na minha lista. Olha!

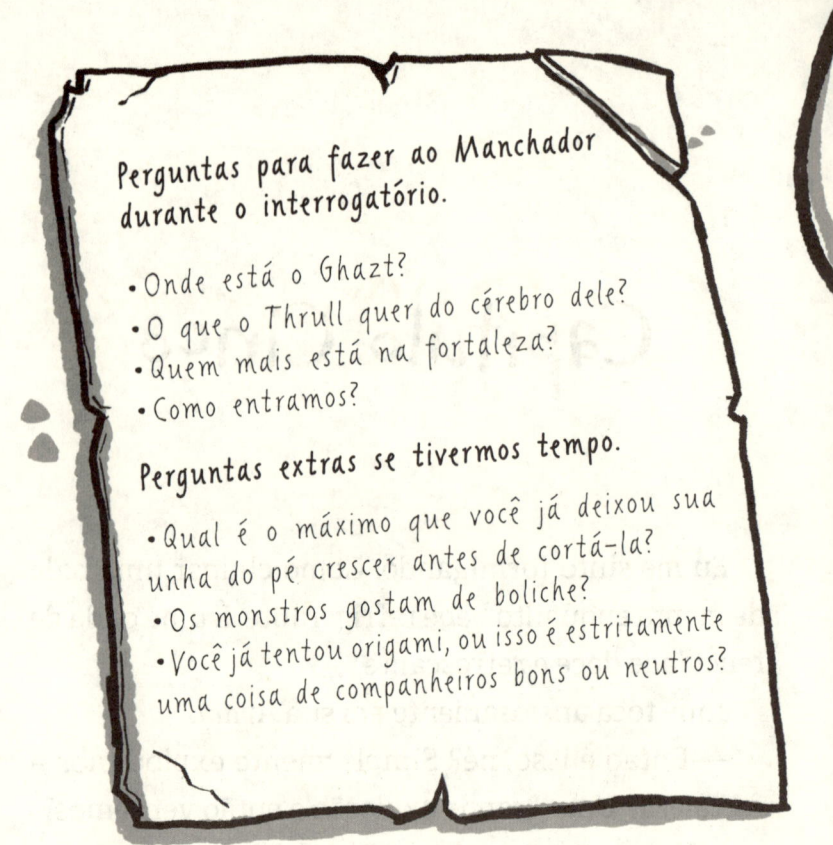

Perguntas para fazer ao Manchador durante o interrogatório.

- Onde está o Ghazt?
- O que o Thrull quer do cérebro dele?
- Quem mais está na fortaleza?
- Como entramos?

Perguntas extras se tivermos tempo.

- Qual é o máximo que você já deixou sua unha do pé crescer antes de cortá-la?
- Os monstros gostam de boliche?
- Você já tentou origami, ou isso é estritamente uma coisa de companheiros bons ou neutros?

— Quer saber — eu digo, enrolando o papel. — June que deveria perguntar isso.

June franze a testa, falsamente ofendida.

— Não, não tinha! Se fosse, eu teria perguntado.

— Se fosse eu — falo —, eu teria perguntado.

— Não importa — Skaelka interrompe, nos silenciando. Suas palavras são calmas, mas pesadas enquanto ela olha para longe. — Ao contemplar aquele lugar medonho, minhas memórias voltam uma a uma. E agora sei como entrar. Eu sei, porque...

Estremeço, sabendo que Skaelka está olhando para o mesmo lugar em que foi torturada. Do nosso ponto de vista, o penhasco é visível, e não é uma encosta de criança.

— É conhecido como o Penhasco das Fatalidades Infinitas. Duzentas garras de altura, quase impossível de escalar — Skaelka explica. — Os ventos batem como nas Planícies Impiedosas. Os pássaros Razorkaw molham seus bicos com o sangue de qualquer um que tente escalar. Eles vão bicar e arrancar seus olhos.

Eu limpo minha garganta.

— Mas é possível.

O sol está atrás de nós, mas Skaelka ainda semicerra os olhos enquanto olha para a fortaleza, como se doesse olhar, mas ela soubesse que precisava continuar. É como assistir a um filme de terror, com as mãos sobre os olhos, mas espiando por entre os dedos porque você ainda precisa ver o que acontece.

— Mesmo que conseguíssemos entrar — Skaelka continua — precisaríamos chegar ao coração da fortaleza. A partir daí, seria necessária uma quantidade incalculável de energia explosiva para destruí-la. Existe a...

— Fusão! — Quint chuta, e então chuta novamente com entusiasmo — FISSÃO!

— Não — Skaelka responde. Ela se vira para nós, seu rosto sombrio. — Não há *nada* desta dimensão poderoso o suficiente.

Capítulo Seis

Todos nós murchamos.

Nada?

Eu olho para Quint esperando que ele brote com uma solução. Mas nem mesmo ele é capaz de montar uma bomba improvisada destruidora de fortalezas monstruosas. Não é como se pudéssemos simplesmente recolher um monte de plutônio de uma loja abandonada. Pelo menos não por aqui, onde nós estamos. Em Nevada, talvez...

Ficamos ali, contemplando soluções para esse enigma, quando June diz:

— Nós vamos descobrir! Nós sempre damos um jeito!

E ela está certa. Quando deixamos uma coisinha como a falta de fusão nuclear nos parar? É apenas um obstáculo na estrada, um empecilho no plano, um...

— Explodir uma fortaleza monstruosa parece impossível — Dirk fala. — Mas fazer o impossível é meio que nossa área de especialização agora.

E, com isso, começamos a caminhada de volta ao Maiorlusco...

Logo, a fortaleza está bem atrás de nós, mas o Maiorlusco ainda está cerca de um quilômetro à frente. O sol está começando a se pôr. Muitos tons vermelho-arroxeados e roxo-avermelhados pairam no céu.

Pego June olhando para aquilo com um sorriso misterioso.

Eu cutuco ela.

— Do que você está rindo?

— Estou pensando que... se conseguirmos fazer isso, será um passo gigante pra consertar o mundo.

— Explodimos a fortaleza, destruímos o Esquema da Torre e podemos vencer. Você percebe?

— Ainda teremos que lutar contra o Thrull — Dirk aponta. — Mesmo que não consiga trazer R̰eżżőcħ aqui, ele ainda tem um exército de esqueletos gigantes.

E isso é verdade. Mas o que é mais uma luta massiva contra um terror de outra dimensão? Nós frustramos seus planos antes. Derrotamos Blarg. E o Rei Alado. Frustramos muitos dos planos dele!

— O mundo estará longe de ser perfeito — Quint ressalta. — Não podemos deszumbificar os zumbis.

— Ou devolver os que foram comidos pela Árvore da Entrada — acrescento. — Ou devorados pelas Bestas ou qualquer um dos outros monstros.

— Não é uma solução mágica, mas já é alguma coisa — June responde. Não importa o que joguemos nela, ela não vai deixar chover em seu desfile. — Mas se... não, QUANDO fizermos isso, será algum tipo de mundo real novamente! Vamos descobrir onde estão nossos pais e vamos recuperá-los. Caramba, vamos trazer outras pessoas de volta.

— Não tenho certeza se considero isso uma vantagem — Dirk murmura.

Estamos todos sorrindo quando chegamos ao topo de uma colina e finalmente alcançamos nossa nova base: o Maiorlusco ainda em recuperação, protegido sob um viaduto meio desmoronado, mastigando coisas de um aterro sanitário. Estendendo-se na frente dela está nosso acampamento improvisado.

Nos apressamos morro abaixo, June e eu super-animados apontando para coisas novas montadas nas últimas semanas...

COMIDA

Tendas médicas

Tenda de jantar

Tenda pra guardar tendas sobrando.

Banheiros de vários tamanhos para monstros de tamanhos variados.

Memorial do Ataque do Uivador para Memórias Especiais e Relaxamento!

Espaço de treinamento de guerreiros do Smud.

Dirk vê Smud, o brutamontes meio-pateta, que anteriormente era capanga de Ghazt, ocupado treinando os cidadãos da cidade Maiorlusco para o combate, preparando-os para a luta que virá quando chegarmos à Torre.

— É difícil se acostumar com monstros bandidos que se transformam em monstros bonzinhos — Dirk afirma.

Concordo com a cabeça, isso é verdade. Mas acontece muito durante o apocalipse monstro-zumbi, e é confuso. Até porque, no início, acontecia o contrário. Thrull, o pior vilão de todos, fingiu ser nosso amigo. Então ele nos traiu. E matou meu amigo Bardo...

— QUINT! — exclama uma voz amiga. Eu me viro para ver Quint se reunindo com nossa conjuradora favorita: Yursl. E me apresso para entrar na conversa, tenho que acompanhar.

VOCÊ FEZ O QUÊ?

Um teletransporte intencional. Mandei o Drakkor para a fábrica de energético, longe o bastante para afastá-lo, mas estrategicamente localizada para mantê-lo lá.

Faz sentido, ótima escolha, bem o que eu faria.

Yursl me olha interrogativamente, mas continuo balançando a cabeça como se soubesse tudo sobre o Drakkor. Mas, até agora, só sei o suficiente para saber que perdi algo épico.

O rosto de Yursl se contrai, não sei dizer se ela está feliz, furiosa ou possivelmente apenas com uma leve indigestão. Finalmente, seu rosto se fixa em algo como... *orgulho de avó*.

— Eu lhe dei o guia de conjuração porque era essencial que aprendesse a conjurar por conta própria — Yursl fala. — E parece que você conseguiu, viva!

— De fato! — Quint diz, levantando seu cajado, exibindo-o.

Concordo com a cabeça.

— E ele pode transformar Manchadores em figurinhas colecionáveis!

Quint me dá uma cotovelada brusca.

— *Fica quieto...*

Yursl franze a testa.

— Não consigo pensar em uma conjuração que possa causar...

— Não, não, isso foi apenas um, hã... O nível de açúcar no sangue de Jack estava baixo e ele estava vendo coisas... — Quint diz, rapidamente, tentando nos arrastar para longe.

Ouço Yursl murmurar:

— Que meninos estranhos — enquanto nos afastamos apressadamente

De volta à loja de esportes, nossa antiga sede de campanha e local de convivência, dormir e descansar, temos grandes planos para uma maratona de filmes.

Meu Esquadrão Zumbi nos recebe com bandejas de pipoca e doces. Uma única caixa de passas, as favoritas de Dirk, é colocada de lado para não contaminar os outros doces com sua chatice saudável.

Mas assim que avistamos nossas camas improvisadas, o plano muda.

"Desculpe, pessoal, mas a noite de filmes foi adiada."

Meus amigos e eu desmoronamos. Corpos cansados, com certeza, mas também sobrecarregados e vencidos pela torrente de reencontros do dia, novas informações e novas esperanças.

Em segundos, estou esparramado na minha cama elástica. Quando meus olhos se fecham, vejo Rover. Todas as duas toneladas dele, peludo e feliz em me ver, como ninguém jamais ficou feliz em me ver.

Rover e eu costumávamos galopar por Wakefield como He-Man e Gato Guerreiro, mas você já viu He-Man brincar de jogar bolinhas para seu fiel companheiro? Eu acho que não. Rover e eu costumávamos ser os melhores brincando de jogar bolinhas, mesmo que ele comesse o Frisbee na metade das vezes.

Eu vou encontrar você, Rover —, eu penso. *E vamos ter a diversão mais épica de todos os tempos.*

É uma bela imagem para cair no sono.

Infelizmente, não é a última imagem que vejo ao cair no sono. Enquanto entro nesse estado meio adormecido, meio acordado, vejo uma última coisa:

É a Mão Cósmica, que está me transformando em algo que eu não quero ser...

NÃÃÃÃÃOOO!!

Capítulo Sete

Achei que um dia pulando em trens velozes e interrogatórios de monstros malignos me renderia um pouco mais de tempo de sono, mas o Babão discorda.

Meus olhos se abrem e vejo o Babão, empoleirado no meu peito, gorjeando:

— MEEP! MEEP! MEEP!

Dirk está em pé ao meu lado, sorrindo.

— Você está pronto para uma missão do tipo "a galera sai em uma missão", Jack? Porque estamos planejando uma missão do tipo "a galera sai em uma missão"! Quint, June e Skaelka já estão planejando há horas.

— Que dia é hoje? — eu bocejo.

— Um dia depois de ontem. É assim que os dias funcionam.

Eu resmungo.

— Sabe — Dirk começa a dizer —, quando Quint e eu estávamos em nossa missão de heróis, só nós dois, não tivemos nenhum problema em acordar quando uma grande luta estava por vir.

— TÁ BOM, TÁ BOM, LEVANTEI! — começo a dizer, mas é tarde demais. Dirk decidiu que vai me acordar *me jogando para cima.*

Eu já ACORDEI!

MEEP MEEP MEEP.

FLING!

Dirk e eu seguimos uma trilha de tijolos de Lego pelo shopping... uma estrada de tijolos verdes, laranja e amarelos até nossos amigos. Moro neste shopping há mais de um mês e tenho a planta memorizada, como uma pista de Mario Kart, com todos os atalhos.

Dobramos duas esquinas, passamos pelo enorme corte que o Uivador fez na parede e chegamos ao nosso destino: o Cavalo de Madeira.

> Dia, amigos!

> Quer saber? Temos a ideia inicial de um plano.

> BEEEMM INICIAL.

Quando vejo Quint, acordo de uma vez, *meu amigo está de volta*.

As últimas semanas, sem saber onde ele e Dirk estavam, ou se estavam bem, foram as semanas mais longas da minha vida. Pensar que minha estúpida Mão Cósmica poderia ter levado meus amigos à morte?

Engolir meu orgulho e admitir para os cidadãos do shopping que eu errei, que eu não era um líder? Era muita coisa para uma criança lidar.

E só piorou depois que vi aquele buraco fumegante no chão... onde Quint e Dirk haviam desaparecido.

Depois disso, me senti ainda menos capaz de liderar. E ainda sinto. Como posso liderar se tantas das escolhas que fiz foram erradas? Se não fosse pelo meu uso descuidado da Mão Cósmica, Thrull não teria Ghazt, e Thrull não estaria a um passo de trazer Ṛeżžőcħ aqui.

— Onde estamos com o plano? — Dirk pergunta.

Ele entra no Cavalo de Madeira, olhando para o mascote pateta na porta como se estivesse desafiando-o a começar alguma coisa.

Quint fala ansiosamente.

— Combinamos o que Skaelka lembra da fortaleza com...

— Todo o reconhecimento radical que Jack e eu fizemos, além das fotos dele — June fala, entrando na conversa. — Para criar...

— Por favor, rufem os tambores! — Quint diz.

— Que tal um bolinho primeiro e os tambores? — pergunto. Tem alguma comida por aqui? As reuniões matinais exigem doces ou algo assim, vocês não acham...

— A FORTALEZA — eles dizem juntos, dando um passo atrás e revelando...

— Está bem, isso é melhor do que um bolo — falo dando a volta na miniatura. Eu assobio baixinho.

> Quint pede desculpas pela simplicidade deste modelo. Ele não teve tempo de construí-lo em escala.

É uma pena que não haja prêmios para a Melhor Réplica de Brinquedo de uma Fortaleza de Tortura de Monstros, porque isso definitivamente levaria o prêmio.

— Cada um de nós terá uma função específica a desempenhar — Quint anuncia.

— Posso nos guiar assim que entrarmos — Skaelka fala, com certeza na voz. — Minhas lembranças da fortaleza ainda são nebulosas, mas voltarão assim que eu a vir pessoalmente.

— No entanto, resta um grande problema — Quint lembra. Usando uma varinha mágica, ele aponta para a representação em pequena escala do modelo do penhasco. — Como Skaelka disse, entrar é quase impossível.

June pergunta:

— Como você desceu, então?

— Eu pulei — Skaelka responde. — Apenas a armadura de Quint e o pântano ao redor da base me salvaram. Mas para vocês, com seus frágeis ossos humanos, seria uma morte feia, molhada e com vazamentos.

— Esperamos evitar a morte, seja feia, molhada, com vazamento ou de qualquer outra forma — Quint afirma.

Com isso, June, Dirk e Quint começam a lançar ideias de como subir aquele penhasco gigante e entrar na fortaleza...

— Megacatapultas! — Quint diz.

— Pássaros gigantes! — Dirk sugere.

— Pássaros gigantes lançados de Megacatapultas! — June diz.

Então, geralmente, lançar ideias, especialmente aquelas super-ruins, é o meu trabalho.

Mas não agora.

Eu mal ouço meus amigos. Eles são apenas ruído de fundo enquanto meus olhos se concentram no modelo, praticamente ampliando a face do penhasco.

E então eu sinto algo.

A Mão Cósmica está pulsando, apertando, latejando. Parece um impasse. Eu. O modelo. A mão.

Só quando sinto o gosto de sangue que percebo que estou roendo o interior da minha bochecha.

— Jack?

— Huh? — digo, saindo do transe.

Quint diz:

— Eu perguntei o que você acha, Jack. Você está muito quieto.

— Qual é? — June pergunta, e sorri. — Normalmente, lançar ideias, especialmente as superpéssimas, é o seu trabalho.

— Hã... um segundo — digo, minhas entranhas se remexendo. De repente, estou desesperado por ar fresco.

Meus olhos percorrem o Cavalo de Madeira. Eu vejo um display de pirulitos que faz as pessoas comprarem por impulso. Estendo a mão para pegar, derrubando a caixa enquanto pego um, com a unha já raspando a embalagem enquanto ando rapidamente pela loja, em direção à parede arrebentada, e então saio e desapareço.

Antes de ter um ataque de pânico completo, ponho o pirulito na boca.

Estou assustado.

Tão assustado que sinto o gosto do medo.

Espera, não, é apenas o gosto do sangue se misturando ao sabor de mirtilo. É uma edição limitada que ninguém quer.

O ar frio acalma meu estômago e desacelera a espiral do meu cérebro.

A Mão Cósmica se contrai, apertando e esmagando a carne nua por baixo dela. Meu braço parece um pano sendo espremido.

Observo as ventosas sobrenaturais que cobrem a mão se abrirem e se fecharem lentamente.

As ventosas tornam a mão perfeita para segurar coisas: o Fatiador, o último pedaço de pizza, o nacho central que mantém a pilha de nachos unida... e também deve servir para Penhascos, provavelmente.

Mesmo penhascos supostamente inescaláveis e que são armadilhas mortais.

Parece que a Mão Cósmica está me dizendo o que fazer. Quero dizer, não literalmente me dizendo. A mão não fala. E se começar a falar, bem, é aí que saberei que realmente enlouqueci.

Mas a mão tem o hábito de bater e latejar pouco antes de uma ideia relacionada a ela surgir na minha cabeça.

E agora, essa ideia relacionada à mão é: escalar o penhasco. Porque o relógio está correndo e não vejo nenhuma escada de duzentas garras de altura por aí.

O único problema é que usar a Mão Cósmica para qualquer outra coisa que não para segurar o Fatiador levou a quase desastres. Tipo...

> Jack, você estava tão preocupado se poderia ou não fazer coisas de herói que não parou para pensar se deveria fazer.

> Eu sei, senhor Goldblum. Tem razão.

E quando estendi a mão para ajudar June, aconteceu algo *monstruoso. Imperdoável.*

Feri minha amiga.

Eu não sou um líder. Não quero ser. Mas sei que talvez precise ser. E ser um líder não significa ter todas as respostas, mas fazer o que é assustador quando você NÃO tem todas as respostas.

Pelo menos, foi o que a Vampira disse na revista dos X-Men uma vez...

Não há tempo. O tal de Serrote não tinha os esquemas ontem, mas pode tê-los amanhã. O mal é como as férias de verão, sempre se movendo mais rápido do que você deseja.

A qualquer momento, a extração de conhecimento acontecerá. O Serrote entregará o Esquema da Torre para Thrull. E então: fim de jogo. O DEUS MAL E DESTRUTIVO de outro mundo vem aqui e destrói tudo.

Então, dou uma mordida final no pirulito, jogo-o na pilha de comida do aterro do Maiorlusco e volto para dentro.

Capítulo Oito

Todos explodem em exclamações.

Dirk começa a brigar comigo, June grita algo sobre como isso é uma loucura, Skaelka começa a falar sobre pássaros bicando os olhos novamente.

Mas apenas balanço a cabeça até que os ombros de meus amigos caiam com compreensão sombria.

Sou eu quem pode fazer isso, então sou eu quem deve fazer isso. Meus nervos vibram como um banjo, mas minha mão zumbe de satisfação.

June olha nos meus olhos. Eu aceno com a cabeça, e ela relutantemente acena de volta.

— Eu suponho — Quint começa a falar, soando inseguro —, que eu poderia preparar algo para você carregar. Assim que chegar à entrada, você pode baixar para o resto de nós.

Todo mundo está quieto... e percebo que eles vão ficar assim até que eu deixe claro que estou realmente bem com isso. Mesmo que eu não esteja.

— O título proposto para esta Missão-Operação é um pouco longo — Quint fala. — Mas tudo bem! Então... como eu disse, cada um de nós terá um papel a cumprir. Jack nos levará para dentro...

Dirk se anima.

— Oba! Eu vou ser o Fortão! Todo silencioso e sorrateiro quando necessário... e então, também, super "BUM, SOCO NA SUA CARA, MONSTRO!" Huuumm... Vou precisar de alguns sapatos especiais extrassilenciosos para isso...

— BUM? Alguém disse BUM? — June pergunta. — Porque fazer as coisas explodirem é o meu objetivo. Posso não saber nada sobre conjuração ou explosões cósmicas interdimensionais, mas sabem o que eu sei? — Ela bate com a mão da Arma na mesa. — EXPLODIR! E estou empolgada para explodir aquele lugar maligno em pedaços, porque isso significa que estou um passo mais perto de me reunir com minha família!

— Este é um novo lado delicioso seu, June — digo com um sorriso provocador.

Ela aponta sua mão normal, não ARMA, para mim e sorri de volta.

— BUUUM!

Skaelka inclina a cabeça.

— Como vocês quatro ainda não estão mortos, eu não sei — ela fala, antes de anunciar: — Serei a guia de vocês nesta jornada perigosa, navegando até o coração daquela fortaleza imunda.

Quint diz:

— E agora que sabemos como vamos entrar, eis como tudo vai acontecer...

"O PLANO"

— Colei fotos de vocês nesses bonequinhos. Eles representam o papel de cada um na nossa missão.

— Ei, espera aí. Por que sou a Barbie? Vou explodir coisas, não fazer as sobrancelhas!

— E que boneco-hambúrguer é esse? Está insinuando que como hambúrguer demais? Pois não como. Apenas a quantidade correta de hambúrgueres!

— Sou o Homem-Aranha. Adorei.

— Esse é o Cara-Aracnídeo.

— Rá!

SKAELKA ESTÁ CONTENTE COM ESSE INSETO PELUDO REALISTA.
Eca! O meu tem um chiclete mascado grudado.
Acho que isso é o Babão.
Pessoal! Não importam os bonecos. São apenas peças de plástico para facilitar a explicação.
Ah, não importam pra você, que é o Obi-Wan Kenobi.
Pura sorte.
Que tal conjurar uns bonecos melhores?
Que tal todos ficarem quietos enquanto eu explico como faremos tudo?

Nos aproximaremos da fortaleza pelo lado sul e rodearemos até o Penhasco das Fatalidades Infinitas.
Definimos mesmo o nome como Penhasco das Fatalidades Infinitas? Não inspira muita confiança.
Jack subirá o penhasco e...
Ops... Vou tentar de novo.
SMASH!
Hã. Não sei por que não tá grudando...
Isso também não está inspirando confiança...

POP

Tá bom. Já entendemos! Se continuar vendo o pequeno Jack cair nas pedras de Lego, nunca farei isso. Pule para quando eu já estiver em cima, enquanto ainda tenho cabeça.

Certo. Depois de subir o penhasco, Jack vai baixar uma engenhoca-elevador que vou construir. Estou pensando em um daqueles globos de hamster humano, mas ainda não sei.

Espera, globo de hamster?

Por favor, ouça tudo.

RÁ, boa essa!

E então entraremos.

Lá dentro, confirmaremos a informação de Jack e June de que não há criaturas não malignas na fortaleza.

O interior da fortaleza é uma grande incógnita, mas temos que confiar que Skaelka se lembrará do caminho e encontrará uma saída.

Plantarei lá um tipo de bomba de conjurador.

SAÍDA

Skaelka nos levará de volta ao globo de hamster, onde escaparemos seguros. Então June usará o detonador remoto da Arma para...

EXPLODIR A FORTALEZA EM PÓ DE DORITOS!
E os planos da Torre junto.
E então Thrull nunca poderá completar a Torre! E ele ficará superchateado, mas não nos importaremos porque o Thrull chateado é o nosso Thrull favorito!
SACODE
Perguntas?
Uma: podemos ver o Jack escalando de novo?
QUE TAL NÃO?

— E esse, meus amigos, é o plano — Quint conclui, tirando sua varinha mágica e batendo os calcanhares com precisão militar. — Embora ainda esteja faltando um ingrediente-chave.

— Maionese? — pergunto. — Espero que não seja maionese, porque eu odeio maionese.

— Ele quer dizer a coisa que realmente destruirá a fortaleza — June explica. — Hã... Hmm... um Destruidor de Fortalezas! Tenho uma ideia de como conseguir um!

Com isso, June sai correndo da loja, desencadeando uma reação em cadeia de saídas apressadas.

Skaelka parte para lutar com os guerreiros em treinamento de Smud, convencida de que o combate fará seu sangue bombear e suas memórias retornarão.

Quint corre para começar a trabalhar em sua "esfera de hamster humano". Babão também sai correndo, imitando as saídas apressadas de todos os outros, e Dirk o segue.

— Você pode comprar uma daquelas coleiras infantis para ele! — falo para Dirk.

— NUNCA! — Dirk grita enquanto corre atrás da pequena bola de gosma.

E então estou sozinho, olhando para o modelo da fortaleza. Para aquele penhasco.

E para a minha mão.

Eu suspiro.

Se vou escalar o Penhasco das Fatalidades Infinitas, preciso, provavelmente... bom, aprender a escalar...

Capítulo Nove

Então, o meu problema é o seguinte: não há uma maneira real de praticar escalada em um penhasco monstruoso, especialmente quando a única coisa que você já escalou antes foi o trepa-trepa da quinta série. E mais, especialmente quando a única coisa que você sabe sobre o penhasco que precisa escalar é que ele é supostamente inescalável.

Mas eu tenho que fazer alguma coisa. Todos os outros estão ocupados se preparando para a grande Missão-Operação: Explodir a fortaleza. Embora a maior parte do tempo de Dirk seja gasto perseguindo o Babão...

Babão, NÃO! Larga isso!

Então eu saio em busca de um penhasco para treinar. Um pequeno. Tipo um penhasco inicial, sabe?

Mas não era um penhasco.

Estou na metade do caminho quando o penhasco se levanta e percebo que na verdade é um monstro de pedra gigante.

Então, fico preso, pendurado nessa besta de pedra, enquanto ela faz uma maldita caminhada de cinco horas à tarde...

Com licença? Senhor? Eu gostaria de descer.

O monstro caminha mais uns cinco quilômetros antes que eu finalmente consiga escorregar e descer.

Estou voltando para o acampamento, exausto, quando...

— PASSANDO! — June grita, passando por mim.

— Nossa, June, onde está o fogo? — pergunto.

— Está prestes a começar — ela grita de volta, virando-se enquanto corre para me lançar um sorriso travesso. Percebo que está carregando uma caixa de papelão e usando enormes óculos de segurança de classe científica. — Estou começando os testes do Destruidor de Fortalezas, se você quiser, pode assistir!

Hum, sim, é óbvio.

— Então, o que exatamente você está testando? — grito, correndo atrás dela.

— Umas coisinhas de conjurador! Cada um repleto de energia destrutiva de outra dimensão! — ela diz. Então, como que explicando, ela continua: — Fiz uma pequena visita à nossa conjuradora...

Oi, Yursl... Precisamos explodir aquela fortaleza de vilões, o que me coloca à procura de uma bomba de energia mágica. O que você tem em um tamanho GRANDE?
EU TENHO UMA VARIEDADE DE CURIOSIDADES, BUGIGANGAS E QUINQUILHARIAS COM INFUSÃO DE ENCANTAMENTO. MAS SUA MISSÃO EXIGIRÁ...
ISTO!
"Grandes Monstros da História em Microfiguras"? Espera aí...
São caixas-–surpresa de brinquedo. Vocês têm isso em sua dimensão?
TEMOS, SIM, E ADORAMOS! COMPRAR UM ITEM SEM SABER O QUE HÁ DENTRO, FORÇANDO A PESSOA A PAGAR REPETIDAMENTE POR AQUILO ATÉ ENCONTRAR O QUE REALMENTE DESEJA É UMA DIVERSÃO INCRÍVEL!

Tá, e o que esta aqui faz?
NÃO SEI O QUE NENHUM DELES FAZ! VOCÊ NUNCA SABE ATÉ ABRIR UM. ABRA ALGUNS DE UMA VEZ E ELES FAZEM COISAS JUNTOS.
Então, como vou saber qual combinação será suficiente pra... tipo... BUUM... destruir a fortaleza?
APENAS MISTURE E COMBINE QUE LOGO ENTENDERÁ QUE TIPO DE EXPLOSÕES DÁ PARA CRIAR.
Saúde a derrotar o mal.
BUUM!
Certo, já descobri um tipo de explosão.

Tudo é demais para eu processar, então eu apenas digo:

— Isso soa incrivelmente perigoso.

Corremos ao redor do Maiorluco. Então, dois campos de futebol além do acampamento, vejo...

— A ZONA DE EXPLOSÃO! — June anuncia com orgulho. Estou prestes a elogiá-la pela configuração elaborada quando...

— Espera aí... — digo. — O que são todas essas estátuas gregas antigas?

— Precisava de algo para explodir de verdade — ela explica. — Acabei exagerando um pouco na loja chique de enfeites de jardim...

Concordo com a cabeça, pensando que isso meio que faz sentido, e então...

— EI! — exclamo. — É a minha cara! Essa aí tem a MINHA CARA! — Então, meio horrorizado, meio honrado, percebo que TODAS elas têm o meu rosto.

— June — falo. — Essas estátuas são...

Incrivelmente bonitas!

Mal posso esperar pra te explodir.

PERIGO! FIQUE LONGE!

ZONA DE EXPLOSÃO DE ESTÁTUAS!

TESTES DE DESTRUIÇÃO DA FORTALEZA EM PROGRESSO!

— Você realmente usou bastante a impressora de rostos do Quint para isso, não? — pergunto.

— Vingança por você me usar de isca — ela responde sorrindo.

— Acho que realmente eu que comecei — admito, pensando em um *plano muito ruim de captura de zumbis* que tínhamos há muito tempo.

Camiseta com chocolate.

Suvacos manchados.

Isca de June!!

June abre a primeira caixa-surpresa, revelando uma figura de monstro irregular feita de algo como plástico de outra dimensão.

— Zorgal, o Moderadamente Repugnante — eu leio.

June pega um punhado de transmissores sem fio, tirados de walkie-talkies, coloca um em Zorgal e desliza o outro na Arma. Ela corre para a zona de explosão, deixa Zorgal ao lado de uma estátua, e então volta. Ela está praticamente flutuando quando pula sobre uma geladeira enferrujada e se agacha ao meu lado.

June me joga um par de óculos de segurança. Então, com uma voz muito oficial, ela anuncia:

— Teste de explosão número um, Zorgal, o moderadamente repugnante, começará agora.

Coloco meus óculos, e June cutuca meu ombro.

— Espero que você esteja preparado para um cabuuum destruidor de terra, Jack. — Ela se abaixa, liga um botão na Arma e...

Há um pequeno som de PFFFFF, o braço esquerdo de Zorgal cai e ele cai de cara no chão.

— Ainda bem que eu estava preparado — afirmo.

June revira os olhos.

— Ainda foi útil! Agora sabemos que Zorgal faz uma coisa idiota — June diz, implacável. — Vamos ver o que acontece quando eu começar a combinar esses *bad boys*.

Ela desembala mais três figuras: uma caveira de neon, uma espinha metálica coberta de dentes e algo que parece um labradoodle derretendo.

Momentos depois, ela começa o teste de explosão número dois. Que dá muito mais certo e é bem mais barulhento. Talvez a gente precise ir checar nossas audições em breve...

Os três dias seguintes são um turbilhão de preparação: June testando e experimentando as explosões das caixas-surpresa, Skaelka duelando com os monstros de Smud e Quint montando seu dispositivo de elevador.

E eu? Bem, passo cerca de dezenove horas jogando um antigo jogo de fliperama do Homem-Aranha. Porque, como eu disse, não há uma maneira real de se preparar para escalar uma parede gigante repleta de terror desconhecido.

Todo o plano assustador me enche de medo. Mas talvez...

Hum. Talvez eu possa me preparar para essa parte? Me preparar para a parte assustadora?

No ensino médio, Dirk era o garoto mais assustador do mundo, então eu vou atrás dele. Acho que vou encontrá-lo fazendo movimentos de judô ou algo assim, preparando-se para ser o Fortão. Mas... não. Ele está sentado em uma poltrona reclinável, passando agulha e linha por um gambá de pelúcia enquanto assiste a filmes de ninja.

Antes que eu possa perguntar, ele diz:

—Não questione meu processo.

Eu dou de ombros. É justo.

— Então, há, olha só... — começo a falar. — Preciso enfrentar um medo. Qualquer grande medo. Tipo, para superá-lo.

Dirk para de costurar e levanta a cabeça.

— O que mais te assusta?

Me transformar em um monstro, eu penso, mas definitivamente não digo isso.

— Bem, eu tenho esse sonho recorrente em que meus dentes caem. Além disso, derrotar um megachefe em um videogame e esquecer de salvar, esse é um grande problema. Encontrar Rover, mas ele não me reconhecer. Não encontrar Rover. Encontrar Rover, mas ele ter uma cabeça humana. Grandes tubarões brancos, tubarões-martelo, aquele goleiro desdentado do time dos *San Jose Sharks*... acho que todos os tubarões, na verdade. Os beija-flores também me assustam muito... eles são tão pequenos, mas suas asas se movem muito rápido. Ah, na escola, quando tínhamos que ler em voz alta na frente da turma. E também...

— Bingo — Dirk fala.

E então...

Então... isso foi um fracasso.

E o tempo está se esgotando. Quint terminou de construir sua "esfera de hamster humano", e June jura que está perto de aperfeiçoar o Destruidor de

Fortalezas. O que significa que está quase na hora da Missão-Operação: Destruir a fortaleza começar e eu ainda estou...

— Jack! Tenho algo para você escalar — Johnny Steve fala, andando bamboleante. Ele está sorrindo como se estivesse lendo minha mente. — E se você conseguir escalar essa coisa, você poderá escalar qualquer coisa.

Acontece que essa coisa é uma enorme torre de monstros... a pirâmide de líderes de torcida mais retorcida do mundo.

De repente, um apito ensurdecedor corta o ar. Johnny Steve bate palmas e grita:

— Vamos, Jack! Suba!

E eu faço isso...

E estou, de verdade... conseguindo?

Piso em muitas cabeças de monstros e meus dedos entram em muitas bocas de monstros, o que é tão nojento que me impede de pensar nas muitas maneiras pelas quais isso pode dar errado. Mas antes que eu perceba...

Chego ao topo! Estou jogando meus braços para cima, fazendo a pose do Rocky, quando algo parecido com um estrondo sônico de energia mística atinge o acampamento...

Um momento depois, vejo June a distância, correndo de volta para o acampamento. Com as mãos em concha em volta da boca, ela grita:

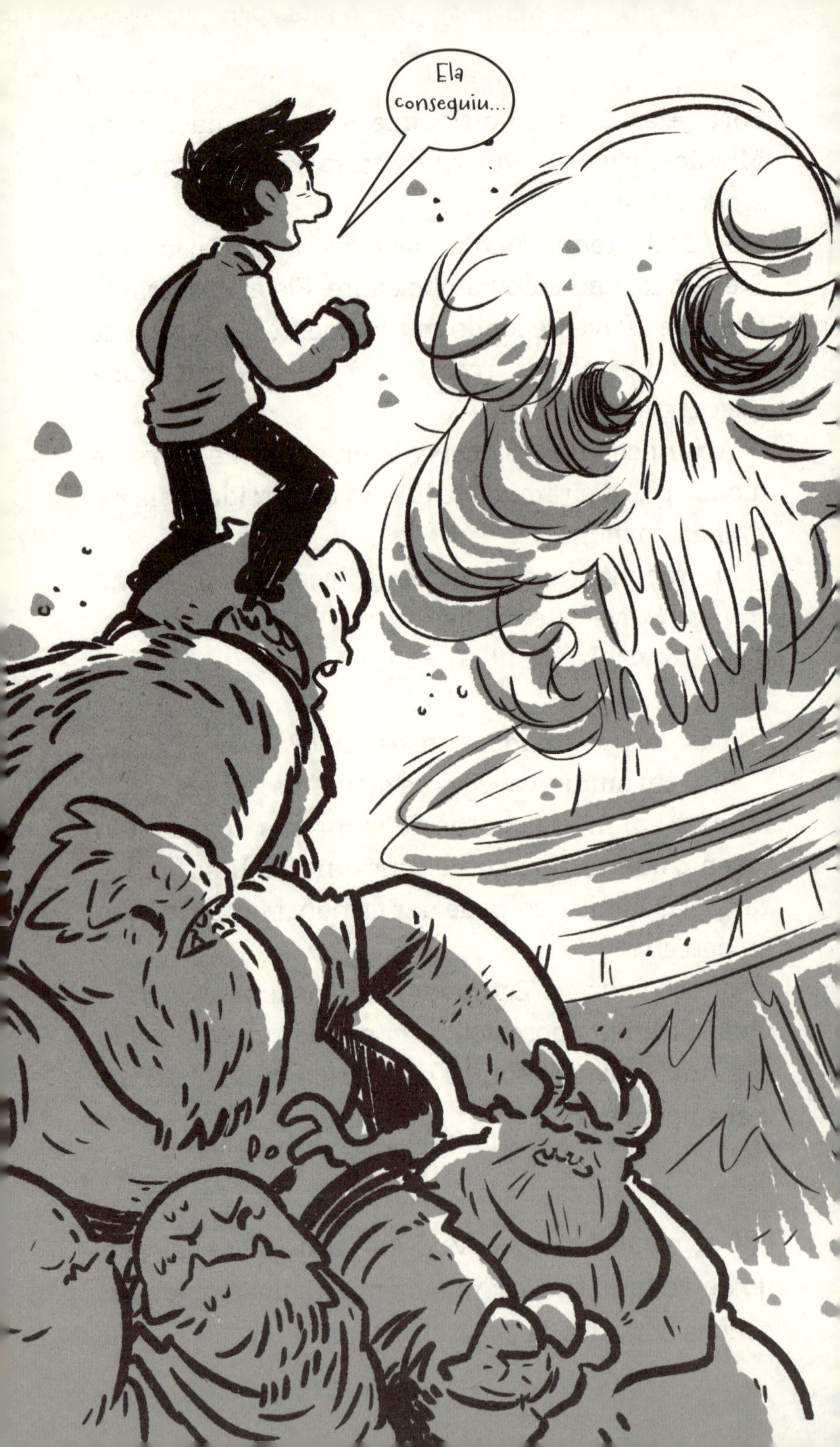
Ela conseguiu...

— O DESTRUIDOR DE FORTALEZAS ESTÁ PRONTO!

O que significa... (engulo em seco)... que está na hora de fazermos isso de verdade.

Naquela noite, nós festejamos. Temos que encher nossas barrigas, pois não faço ideia de como será a situação da comida dentro da fortaleza, mas duvido muito que haja, tipo, uma lanchonete de outra dimensão ou algo assim.

Quint está sentado, prancheta na mão, verificando as coisas, confirmando que estamos totalmente preparados.

— Checado, checado, checado, checado e checado — Quint anuncia. Mas ele não parece totalmente satisfeito. Ele põe um doce na boca e diz, nervoso:

— Só espero que Skaelka seja capaz de nos guiar pela fortaleza.

— O pequeno batalhão de monstros de Smud está definitivamente ajudando-a a recuperar o ritmo — Dirk conta, concordando. — Olhe para ela balançando usando aquele machado Nerf...

— Treinar me permitiu lembrar de muitos dos meus ataques favoritos — Skaelka fala enquanto se afasta da montanha de monstros choramingando e caminha em nossa direção.

— Falando nisso... — Quint diz. — Assim que estivermos dentro da fortaleza, você tem certeza de que se lembra de como chegar ao local onde precisaremos colocar o Destruidor de Fortalezas?

Skaelka parece nervosa, mas concorda.

— Skaelka vai se lembrar — ela afirma — Tão bem quanto Skaelka se lembrava do caminho para sair daquele vil labirinto de milho.

O quê?? Eu penso, suspirando. Também perdi um labirinto de milho?

Apertando as mãos formalmente, Skaelka diz:

— Vou levá-los diretamente ao coração da fortaleza para que possam destruí-la.

Nesse momento, ouvimos o estrondo de uma Carapaça chegando, dos grupos de busca voltando rapidamente para o acampamento. No topo da Carapaça estão três monstros membros da banda de rock residente do shopping: o Suspiros Brutais.

— GRANDES NOTÍCIAS! — o guitarrista, Cliq, grita. — Nenhum sinal de Quint, Dirk e Skaelka. Mas ainda assim... GRANDES NOTÍCIAS!

— Hã, estamos bem aqui — Dirk fala, acenando. — Voltei há alguns dias.

— Mas qual é a grande novidade? — June pergunta.

Uma nuvem de poeira sobe quando a banda de rock derrapa até parar na nossa frente.

Meus amigos e eu trocamos olhares pesados. June diz:

— Parece que algo grande está prestes a acontecer.

Skaelka concorda com a cabeça, dizendo:

— Suspeito que o Serrote esteja próximo de conseguir os Planos da Torre.

— Só tem um jeito de descobrirmos — Dirk fala com um sorriso.

Minha mão pulsa quando eu seguro o Fatiador e fico de pé.

— Amigos — eu falo —, partimos ao amanhecer...

Capítulo Dez

Os raios de luar brilham pelas janelas da loja... nem está amanhecendo ainda, mas estamos todos preparados, prontos para partir. Aceno o Fatiador e reúno meu Esquadrão Zumbi.

— Alfred, Esquerda, Glurm, vocês têm que ficar de fora dessa — digo enquanto eles atravessam a loja. — O tal do Serrote é péssimo para os monstros e provavelmente para zumbis também.

Eles gemem baixinho em resposta, quase parecendo desapontados. Mas eu não me importo, pois tudo o que me importa é que eles estejam seguros.

Logo, estamos marchando pelo shopping, com roncos monstruosos vindos de lojas e quiosques, e nunca tive tanta inveja do tempo de sono de outra pessoa.

Meu coração está fazendo ioga, e meu estômago está trabalhando em macramê. Estou tenso, cheio de nós e nervoso... muito nervoso.

Mas, pelo menos, nós parecemos amigos que estão prontos para uma Missão-Operação. E isso me enche de esperança.

EQUIPE DA MISSÃO

DE MELHORES AMIGOS:

O CARA QUE NOS LEVA PRA DENTRO

OS MÚSCULOS!

MISSÃO-OPERAÇÃO ATUAL:

DESTRUIR A FORTALEZA

ESPECIALISTA EM EXPLOSÕES!

O HOMEM DOS PLANOS

Faixas de luz da manhã cortam o céu quando entramos no acampamento. Um vento frio sopra, e eu fecho minha jaqueta. A manga está apertada em volta do meu braço mutante, mantendo-o escondido.

Uma voz chama:

— Jack Sullivan! Meu quarto humano favorito!

É Johnny Steve, ladeado por Yursl e Smud. Eu sorrio. Um comitê de despedida.

— Me levante para que eu possa iniciar um desfile de cumprimentos de boa viagem! — Johnny Steve diz a Smud.

— Acho que você quer dizer 'boa sorte' — June fala.

Mas Smud ainda está meio adormecido, então é Yursl quem pega Johnny Steve, colocando-o em seus ombros.

Parece o fim de um jogo da liga infantil, quando os dois times se alinham para que todos possam bater as mãos. Acho que deveria ensinar as crianças sobre o bom espírito esportivo, mas, na realidade, é apenas uma chance para o time vencedor se vangloriar e o time perdedor resmungar. E eu sempre fui péssimo na liga infantil, então, quando o jogo acabava, tudo o que realmente me importava era chegar à festa da pizza prometida para depois.

Mas não há pizza esperando por nós para onde estamos indo agora...

Quando marchamos pelo acampamento, June fala:

— Foi uma surpresa bacana.

— Vamos torcer para que seja a última surpresa de hoje — Skaelka afirma, colocando seu machado sobre o ombro. — Boa... ou do outro tipo.

É quase meio-dia quando passamos por baixo de nosso posto de observação, e o que temos à nossa frente causa um arrepio na espinha. A fortaleza *mudou*...

Parece o vulcão do doutor Destino que perdeu a feira de ciências.

O doutor Destino jamais perderia qualquer coisa.

A fortaleza se inclina em um ângulo impossível, como se fosse cair a qualquer momento, mas não vai cair.

— Nós realmente vamos vencer — June sussurra. Eu levanto os olhos em sua direção, e suas bochechas coram.

— Opa — ela fala. — Eu não, hã... não queria dizer isso em voz alta.

Mas, então, o sol parece pegar o mundo inteiro perfeitamente. E nós parecemos... perfeitos. Não parecemos crianças que mal conseguem sobreviver, tentando sobreviver. Parece que estamos onde deveríamos estar.

Não estamos na defensiva pela primeira vez. Não, desta vez, estamos lutando.

Eu sorrio para June.

— Você pode dizer isso em voz alta. E pode dizer de novo também, porque está certa. Nós vamos vencer.

— Ei, tagarela, vamos continuar nos movimentando! — Dirk interrompe, bufando à nossa frente. Babão acena para nós por cima do ombro de Dirk. — Hora de marchar!

— Vocês ouviram o Fortão. Hora de ir — Quint fala, enquanto avançamos.

Um pântano assustador e sobrenatural circunda a base da fortaleza, repleto de fungos e detritos. À beira da água, uma bolha oleosa cresce, mas então estoura quando passamos.

115

— Nós circulamos em torno do pântano corrosivo. Para além dele, encontra-se um caminho para o chão sólido sob o penhasco — Skaelka anuncia, avançando cuidadosamente.

— Sim — começo a falar —, nós definitivamente queremos evitar o corrosivo...

Então calo a boca.

Com o canto do olho, vejo que algo se move.

Um pedaço de algas brilhantes na superfície do pântano é subitamente sugado para baixo. E então...

SPLLLAAAASH!

— Posições de luta, turma! — Dirk ruge. — Estou assumindo a liderança!

Pernas de aranha que antes pertenciam a outro monstro.

Coleira de cão de guarda?

-O ARACNOCÃO-

Capítulo Onze

A luta termina antes mesmo de começar, algo que eu gostaria que acontecesse mais vezes.

— O Serrote fez isso — Skaelka fala. — Transformou-o em... um monstro antinatural.

Com as mãos estendidas, como se estivesse tentando acalmar um cachorro zangado, Skaelka entra no pântano.

O Aracnocão para de puxar a corrente. Cada respiração é um gemido baixo.

— Não parece uma ameaça agora — digo. — Parece que está com dor.

— Como o Drakkor — Dirk fala.

— Eu estava prestes a dizer a mesma coisa, amigo — Quint responde.

Eu lanço para os dois um olhar de "já entendemos, vocês embarcaram em uma aventura legal e se tornaram amigos íntimos de algo chamado Drakkor, não sei o que é isso, mas acho que provavelmente é como uma bola de praia senciente e tenho 92% de certeza de que o palpite está correto.

A água espirra quando o Aracnocão se acomoda no pântano. Sua boca se abre lentamente...

— Ľœ Ŵōŏṣṭ ƒ Ħəeśṭ.

— Uau — sussurro. — Ele fala.

— A língua não é totalmente familiar para mim — Skaelka explica. — Mas ela fará o possível para traduzir.

A cabeça do Aracnocão afunda no lodo aquoso por um momento e então se levanta novamente. Suas palavras vêm em suspiros longos e lentos.

— Ħəeśfť...

— Ele diz a Skaelka que foi a última criatura inocente na fortaleza. Serrote fez experiências com ele — Skaelka conta, voltando-se do Aracnocão para nós. — Serrote acorrentou o monstro aqui para proteger a entrada do penhasco durante o momento crucial da extração de conhecimento...

— Gostaria de dizer isso da maneira menos dura possível — eu digo, avançando —, mas não parece ser a guarda mais eficaz.

— Ele não ataca porque... ele me reconhece — Skaelka explica. — Ele viu Skaelka dentro da fortaleza. E sabe que o Serrote também feriu Skaelka.

De repente, sou atingido por uma percepção. Uma fraqueza, um ponto cego, no Serrote, no Thrull e talvez até em Ṛeżżőcħ. O mal não entende nada além do mal. Serrote não deve ter imaginado que um de seus experimentos simpatizaria com um companheiro sobrevivente, porque Serrote provavelmente nem sabe o significado dessa palavra. O mal real e verdadeiro não consegue contemplar a ideia de "bem".

— Đæß Çðêl Ďďěĝ.

Skaelka respira fundo, estremecendo. Eu nunca a vi assim antes.

— Nosso amigo me disse que apenas o mal permanece dentro da fortaleza.

O rosto de June se ilumina. Se houver apenas maldade lá dentro, isso significa que não há obstáculos para seu grande momento de Destruição da Fortaleza.

Ela começa a socar o ar, mas Dirk segura seu punho.

— Sinta o momento, cara.

— Certo. Desculpa.

O Aracnocão surge novamente.

— IJŝşšt.

Skaelka parece sentir que seu machado, de repente, pesa duas toneladas. Quase parece como... o Aracnocão pediu algo...

> ELE DIZ: CUMPRA COM O SEU DEVER DE GUERREIRA... E ACABE COM MEU SOFRIMENTO, POR FAVOR.

> Quê? Não, Skaelka.

> Você não...

— Eu sou obrigada a concordar. Meu machado é afiado e eu serei rápida — Skaelka diz, com naturalidade. Então, suavemente, acrescenta: — A criatura estará morta em breve, independentemente de qualquer coisa. A experiência suja do Serrote cuidou disso.

Desvio o olhar quando Skaelka levanta o machado bem alto.

Não há som por um longo momento. Então o ar assobia quando baixa a lâmina.

CLANG!

O som metálico me faz girar. Expiro, aliviado, quando vejo que Skaelka apenas cortou a corrente. O Aracnocão desliza sob a superfície, livre deste lugar.

Skaelka volta para a beira da água, então se senta, pesadamente. Cracas brilham ao seu redor. Seus olhos se fecham, e ela descansa os braços no cabo do machado.

— Eu... eu não consegui fazer o que ele pediu — Skaelka confessa. Sua voz está trêmula quando ela levanta a cabeça e olha para nós. — Também não consigo entrar na fortaleza novamente. Estou com muito medo de encontrar o Serrote. Eu... não consigo.

June respira fundo.

— Mas... claro que consegue... — ela começa a falar, mas Dirk agarra a mão dela e a puxa até abraçá-la.

— Quint e eu passamos muito tempo com Skaelka — Dirk sussurra. — Dentro da cabeça dela também. Se ela diz que não consegue, ela não consegue. Temos que respeitar isso.

Dirk está certo. Eu sei disso. E June também. Mas... isso é ruim. Contávamos com Skaelka para atravessar a fortaleza.

O chão treme abaixo de nós e todos olhamos para cima. Um gêiser de algo parecido com vapor irrompe do pico da fortaleza.

À medida que se dissipa no vento frio, ouvimos um súbito...

KRAK!

Skaelka bateu seu machado no chão, usando-o para se levantar.

— Aquela exalação de ar — ela diz, apontando para a pluma. — Faz com que uma memória volte... Dentro da fortaleza há um Diretorium... ele mostrará a localização do coração a vocês.

— E é lá que colocaremos o Destruidor de Fortalezas — June diz, com o ânimo renovado.

> Mas, hã... como exatamente encontramos esse tal Diretorium?

> ME LEMBRO DE... CAMINHOS. ARTÉRIAS, LEVANDO ATRAVÉS DA FORTALEZA. ELES ME LEVARAM AO DIRETORIUM, E DE LÁ ENCONTREI UMA SAÍDA.

> Artérias. Coração. Tão evocativo, Skaelka. Você sabe desenhar a informação.

> Um desenho bem feio...

— O Diretorium é semelhante ao seu Maparatus; são mapas vivos, conectados — Skaelka explica. — O Maparatus pode levar você ao Diretorium. Encontrem o Diretorium, roubem seus dados, e então vocês encontrarão o coração.

— Faremos como você diz — Quint afirma, levantando seu canhão e batendo no Maparatus.

— O homem do plano — Dirk fala. — Colocando ponto-final no assunto.

Com isso, nos dirigimos para o lado do penhasco da fortaleza. Skaelka fica para trás... um pouco quebrada e muito triste.

— Tomem cuidado... — ela diz, suavemente.

Capítulo Doze

Bom... você tá conseguindo, Jack. Tá mesmo conseguindo.

Sim. Eu estou escalando o penhasco.

Nenhuma quantidade de filmes do Homem-Aranha assistidos e videogames do Homem-Aranha jogados poderia ter me preparado para isso.

O penhasco é tudo o que Skaelka prometeu: nojento, assustador e ENORME. Duzentos pés, quero dizer... garras de altura, parece algo impossível quando você está olhando para ele, mas, confie em mim, parece ainda mais impossível quando você está pendurado nele.

Quando imaginei a subida, pensei que meus amigos e eu diríamos um monte de coisas emocionais antes de começar. Mas isso não aconteceu. Acho que todos nós sabíamos que não ajudaria. Em vez disso, Dirk falou:

Se você morrer, fico com suas coisas.

Tá...

Mas suas coisas são ruins e não quero elas, então não morra.

E, com isso, eu parto.

Minha mochila, com a esfera de hamster humano de Quint dentro, afunda com força em meus ombros.

Meu corpo é todo dor.

A coisa boa sobre a dor, porém, é que ela distrai de todo o resto. Minha mente está em branco, sem pensar, enquanto subo: mão após mão, pé encontrando apoio.

Eu não paro até que esteja quase um quarto do caminho para cima. E só paro porque meus braços viraram borracha. Encontro um pequeno recesso, grande o suficiente para caber minha bunda e uma perna. Espero que o sangue volte aos meus membros e o ar aos meus pulmões.

Estou quase saindo do meu cantinho, procurando um apoio para as mãos, quando...

Uma forte rajada de vento de repente atinge o penhasco, me jogando para longe da parede como uma porta de tela se abrindo, deixando-me quase na horizontal.

Segundos antes de eu cair em direção ao esquecimento...

SCHLURP!

A Mão Cósmica encontra uma rocha saliente e a agarra, prendendo firme como um torno.

Quando o vento finalmente para, eu bato de volta na face do penhasco, balançando como o enfeite colocado na árvore de Natal no lugar mais perigoso.

A Mão Cósmica apertou com mais força, mais forte do que eu jamais poderia, durante a rajada de vento.

Eu não gosto do jeito que a Mão Cósmica está, tipo, começando a *saber* das coisas. Mas não vou discutir agora. Não é hora de reclamar quando isso acabou de me salvar de uma queda mortal.

Quanto mais alto eu subo, mais estranho o penhasco se torna. E mais... sobrenatural. A gosma borbulha de rachaduras e fendas. A pedra irregular brilha como se fosse feita de gelatina.

Vou dizer de novo: nenhuma quantidade de filmes assistidos do Homem-Aranha e videogames jogados poderia ter me preparado para isso. Embora Quint possa discordar. Antigamente, antes do apocalipse dos monstros, passávamos muito tempo conversando sobre a logística das habilidades do Homem-Aranha...

As mãos dele são GRUDENTAS! É isso.

Não é tão simples assim. Ele é parte ARANHA! Suas mãos estão cobertas de espátulas! Centenas de pequeninas espátulas.

Ah é? Mas e as luvas dele?

As espátulas passam pela luva!!

Que conveniente. Imagino que você ache que elas também passam pelas sapatilhas dele..

Quando ele usa sapatilhas?

FOCO, JACK! Eu grito para o meu próprio cérebro. *Pare de pensar em Quint! Pare de pensar no tempo* **antes** *de você ter a Mão Cósmica! Não faz sentido e não vai ajudar em nada...*

Mas...

Mas e a June? No trem...

Eu queria ajudá-la, mas não podia... então a Mão Cósmica fez isso por mim. E a Mão Cósmica a cortou. Foi apenas um arranhão, claro. Mas e da próxima vez?

Minha mente, de repente, está viajando, fora de controle. O que estou fazendo agora está tornando a próxima vez inevitável?

E se isso é como atualizar uma arma ou um poder em um videogame, e quanto mais você a usa, mais poderoso fica, e mais ela muda? Vou me tornar uma criatura que meus amigos têm que derrotar? Eu realmente vou me transformar totalmente em um...

— ARGH!

Meu cérebro fica quieto novamente. Me concentro na dor e em encontrar o próximo ponto de apoio.

O sol passou por trás da fortaleza, e o ar ficou gelado quando finalmente me permito verificar o quão longe fui e, mal acreditando, percebo que estou chegando ao topo.

Posso ver a saliência rochosa que leva ao túnel. Faltam apenas algumas dezenas de metros.

Estou apenas começando a pensar que realmente vou conseguir quando...

A fortaleza muda. O penhasco treme.

Algo respinga no meu ombro e desliza pelo meu braço. Algo... grosso.

Outra gota. Em seguida, um respingo.

— Não, não, não — eu digo, sentindo minha mão escorregar.

Se segura, Jack. Literalmente. *SE SEGURA!*

Mal tenho tempo de encontrar um ponto de apoio quando um arrepio percorre o penhasco. A parede treme, balança e...

FLUUUSH!

Um maremoto de gosma que parece óleo preto explode da boca do túnel. A cachoeira repentina parece pairar acima de mim por toda a vida, quase congelada, enquanto forma um arco e depois chove em uma tempestade de líquido fétido.

Meus dedos agarram a pedra com tanta força que é como se eu estivesse tentando espremer suco dela.

O penhasco ao qual estou agarrado começa a rachar e de repente...
CRAWWW!
Um bico horrível explode através da parede! Um dos *Razorkaws* que Skaelka me alertou. Minha pegada se afrouxa, e eu não posso fazer nada, a não ser...

PEGA!

CRAWWR!

Acredite, odeio isso muito mais do que você.

O Razorkaw grita mais alto, lutando para recuar para a fenda do seu esconderijo e evitar o iminente tsunami vertical de líquido misterioso.

Na verdade, não, não é um líquido misterioso.

É sangue. Sangue de monstro.

E chove. Junto com espirais de vísceras e outros detritos medonhos: dentes, bigodes e unhas irregulares do tamanho de pranchas de surfe. Algo respinga em meu ouvido e, não querendo ser alarmista, mas provavelmente vou precisar de um novo ouvido.

Minha mão está escorregando pelo pescoço molhado do Razorkaw quando...

DOR. Sinto a mesma dor aguda em meu braço que senti pouco antes de a Mão Cósmica se transformar em uma Lança Cósmica.

A energia me atravessa, e a Mão Cósmica muda.

Eu quero desviar o olhar, mas não consigo.

Gavinhas roxas cintilantes estão subindo pelo meu braço, ao redor do meu ombro, depois saltando por trás das minhas costas, criando algo como uma bolha protetora, me protegendo do aguaceiro.

Energia crepitante preenche o espaço ao meu redor.

Os olhos do Razorkaw se encontram com os meus.

E... ele fala.

O pássaro demoníaco fala a língua de Ṛeżżőch.
E eu entendo as palavras, embora preferisse não entender...

SSSIM...
BEM-VINDO...
ESTAMOS MUITOS FELIZES DE VOCÊ ESTAR CHEGANDO...
ESTÁVAMOS TE ESPERANDO...

As palavras são horríveis demais de serem ouvidas.
E o Razorkaw é terrível demais de ser olhado.
Meus olhos se fecham.

Não sei quanto tempo se passa antes que a terrível chuva finalmente pare, mas quando isso acontece, a Mão Cósmica volta ao normal.

Sinto-me nebuloso, semiconsciente.

O Razorkaw grasna novamente, desta vez apenas um rosnado, um som de pássaro maldoso.

Eu preciso sair deste penhasco. E logo.

Meus tênis guincham contra a pedra lisa, e eu subo, focado em nada além de chegar ao topo.

Uma última rajada de vento passa...

E ela me levanta, me fazendo cair no ar, balançando de cabeça para baixo, depois de cabeça para cima, até que vejo a saliência. Estou prestes a passar pela borda quando...

Uau! Aterrissagem Marvel. Irado!

Capítulo Treze

Consigo desempacotar a esfera de hamster humano de Quint, apesar de sua lista obscenamente longa de instruções de implantação. Quando finalmente chego ao último passo, puxo a etiqueta e...

POOF!

Esfera de hamster humano. Ele não brincou.

Rolo a bola em direção à saliência, depois dou um passo para trás quando ela cai pela beirada.

Logo a roldana geme, a corda fica tensa e meus amigos estão em movimento.

Minha jaqueta está detonada e rasgada onde a Mão Cósmica virou uma bolha de proteção. Pego um rolo de fita adesiva da minha mochila e enrolo na manga para manter o horror escondido.

Eu termino assim que meus amigos estão chegando ao topo, parecendo que estão naquela bola transparente de véspera de Ano-Novo. Dirk não parece ter gostado da viagem...

Me tirem desta câmara de torturas... AGORA!

Podemos ir de novo?

Quint prende a esfera de hamster, abre a bolha, e meus amigos saem para um terreno não totalmente sólido.

— Ótima escalada — June começa a dizer, antes de perder o equilíbrio, cambaleando em direção à boca do túnel.

E então, todos juntos, entramos.

— Acabamos de entrar em nossa primeira fortaleza de outra dimensão — Quint fala, olhando em volta com admiração. Túbulos de fluido correm atrás das paredes, e o túnel irradia um fantasmagórico azul gelado. — A construção é fascinante.

É claro, eu penso. *Fascinante se você gosta de arquitetura que parece que pode se fechar e te esmagar a qualquer momento.*

Quint abre o Maparatus, e a tela brilha em um branco surpreendente.

— Devo ser capaz de localizar o Diretorium assim que sairmos deste túnel e entrarmos direito na fortaleza.

— Então — Dirk complementa — vamos entrar direito na fortaleza.

Estou prestes a perguntar se "entrar direito na fortaleza" significa que devemos andar como mordomos chiques ou algo assim, mas decido que este não é realmente o momento.

Quase como se tivéssemos infiltrado outras fortalezas dimensionais antes, nos encaixamos nos nossos papéis. Dirk, em seu papel de Fortão, assume a liderança. O teto é espesso com comprimentos brilhantes de algo como uma corda. Ele pulsa como uma cobra píton engolindo hamsters...

Provavelmente somos os primeiros humanos a pisar neste lugar.

E seremos os últimos. Vamos fazer o que viemos fazer.

— Alguém mais sente que está sendo observado? — June pergunta nervosamente.

Eu sei o que June quer dizer. É como andar por uma casa mal-assombrada de parque de diversões, quando você sabe que há algo terrível esperando em cada esquina, mas não sabe o quê. Então você está preso e o tempo todo se preparando para uma grande SURPRESA assustadora.

Mas não importa o quão horrível seja a casa mal-assombrada, geralmente você pode superá-la fazendo uma de duas coisas: fechando os olhos no instante em que algo aparece ou dizendo a si mesmo "Nada disso é real" repetidamente.

O problema aqui, porém, é que, se eu fechar os olhos, posso tropeçar no terreno irregular e quebrar a rótula. E nenhuma quantidade de convencimento pode me fazer acreditar que tudo isso não é muito real.

— Cuidado onde pisam — Dirk avisa, virando uma esquina. Ele segura o Babão com o braço estendido, com o corpo encharcado de Ultragosma brilhando como uma lanterna.

— Este lugar é adorável — digo, passando por um buraco enrugado no chão que está vomitando uma poça de... bem, vamos chamá-lo de poça e deixar por isso mesmo.

— CRIIIII!

O monstro do tamanho de um punho e pernas longas chia, soando como um alto-falante quebrado enquanto foge para longe.

Estamos quase no fim do túnel quando Dirk de repente levanta a mão.

— Vocês ouviram isso?

Uma onda de vento irrompe atrás de nós, canalizando o ar frio pelo túnel. Ouço um barulho atrás de nós, como algo girando suavemente sobre as poças.

Em seguida, um *whoooosh*, como uma respiração.

Algo pisca na escuridão, e todos nós pulamos para o lado, apavorados, então percebemos...

— Ah, não. Essa era a...

— A esfera de hamster! — grito quando ela passa por nós. — Está solta!

A bola do hamster humano acelera, voando pelo túnel.

— POR DEUS, ODEIO ESSA BOLA DE HAMSTER, MAS É A NOSSA SAÍDA! — Dirk grita, avançando.

Eu passo por Dirk, empurrando-o de lado.

A Ultragosma do Babão espirra no meu rosto.

— Quase pegando! — grito, apenas alguns passos curtos atrás da bola quando ela explode pela boca do túnel.

Eu estendo a mão para agarrá-la, mas Dirk me agarra pela gola da jaqueta assim que...

Ela se foi.

Pela borda do penhasco, em direção ao abismo.

E quando conseguimos ver a fortaleza pela primeira vez, e de verdade, percebemos: não estamos preparados para ela.

Capítulo Catorze

— Bom, eu não queria ir para casa mesmo — Dirk comenta, observando nossa esfera de hamster humano cair na névoa rodopiante abaixo.

— Apenas um pequeno contratempo — Quint pontua.

Ah, claro, penso. *E o pouso na lua foi apenas um pequeno salto para a humanidade.*

A câmara da caverna me lembra o interior de um ninho de vespas. Só que em vez de vespas, esta colmeia tem monstros e monstros e mais monstros.

— Não muda nada. Temos uma fortaleza para destruir — June fala. Mais uma vez, ela empurra o punho para o ar, mas desta vez, ela sussurra: — Uhuuuuu!

Agora eu senti o clima.

Eu também, amiga.

E parece que o Diretorium está em algum lugar lá embaixo...

Um som estridente e esganiçado de repente preenche o ar. Eu me viro para ver o que parece ser uma lagarta horrivelmente enorme e grotescamente deformada subindo em nossa direção, deslizando por uma trilha estreita feita de algo como unhas mergulhadas em cera.

— Para trás — Dirk grita, mas é tarde demais.

A coisa está sobre nós, e tudo o que podemos fazer é pular. A intenção era ser um salto para fora do caminho dela.

Mas, em vez disso, fomos pegos no meio do salto, com a coisa em alta velocidade se chocando contra nós com um tremendo...

Somos lançados para cima e para frente, e então caímos sobre a coisa...

"Essa coisa tem um rosto de chiclete mastigado. Ou..."

"Um cérebro. Um cérebro aberto."

"Um carro de mina. Não, um carro de MENTE!"

Tudo é meio confuso e há uma luta vertiginosa enquanto tentamos nos sentar eretos. Finalmente, nos posicionamos em fila única, como uma equipe olímpica de trenó no gelo.

O Carro de Mente de repente se afasta da parede, levando-nos para a câmara cavernosa. Dirk grita:

— Quint, amigo, você precisa encontrar aquele tal de Diretorium AGORA!

Quint não gasta fôlego respondendo. Seus olhos disparam pela tela do Maparatus enquanto ele balança seu canhão, procurando. Ele nem pisca quando um inseto retorcido bate em sua bochecha.

— Monstros! — Dirk grita quando o Carro de Mente nos arremessa para a próxima câmara. — Abaixo!

Mas os monstros não estão vivos; não são reais. Eles são estátuas.

Estátuas gigantescas, esculpidas em pedra brilhante. As monstruosidades rígidas se erguem, perfurando a névoa de neon abaixo. Outras efígies, rachadas e desmoronando, surgem das paredes, olhando para nós com olhos ocos e sem vida.

Um dos monumentos horríveis, com suas duas bocas abertas em um rugido congelado, estende a mão. Braços brotam de suas costas como protuberâncias retorcidas... e eles me lembram a Mão Cósmica e a maneira como ela continua subindo pelo meu braço, crescendo, se espalhando como uma infecção.

Antes que o pensamento possa me encher de mais pavor, e acredite em mim, a última coisa de que preciso agora é mais pavor, eu ouço...

O Diretorium! Um sinal fraco! Mais alguns momentos, e eu devo conseguir travar em sua...

Quint é silenciado enquanto o Carro de Mente mergulha para baixo e...

— ME AJUDEM! — grito, quando sou jogado para fora do meu assento.

— NÃO DÁ! ESTAMOS SENDO JOGADOS TAMBÉÉÉÉMMM — June grita.

Eu pairo no ar por um momento terrivelmente longo, meu estômago se contraindo e rolando, antes de...

SPLAT!

Eu pouso na plataforma atrás do carrinho, plantando o rosto no que parece ser um pufe recheado com ossos. Me levantando, vejo algo como um... casulo de larvas? Há fluido dentro... e flutuando no fluido está um monstro semiconstruído. Parece antinatural, artificial, como se fosse feito em um laboratório. E os seus...

Oh, não.

Está se mexendo.

E há mais casulos de larvas. Muitos.

Recuando de horror, eu caio de volta na plataforma gosmenta e pegajosa.

> Tem... monstros lá atrás. É um grande criadouro de coisas larvas. Tipo... prestes a nascer. OU renascer. Sendo chocadas.!

E uma grande coisa de boca estranha a nossa frente.

Levanto a cabeça e vejo por que June está gritando: a entrada para a próxima câmara desta casa de diversões distorcida. Enquanto corremos em direção a ela, mil olhos se abrem e percebo que é uma boca. Uma boca que é real e viva e está bem aberta...

— Eu tenho a localização! — Quint exclama, de repente. — O Diretorium fica em algum lugar ali embaixo.

Infelizmente, "em algum lugar ali embaixo" não é a direção que estamos seguindo. O som estridente e deslizante do Carro de Mente fica mais alto à medida que milhares de minúsculas pinças nos impulsionam em direção à boca faminta.

— O sinal está ficando mais fraco! — Quint diz. — Estamos perdendo!

Com pânico na voz, June grita:

— Precisamos descer... AGORA!

De repente, o casulo de larva mais próximo de mim incha, e o monstro meio-construído dentro dele está acordando. Mas o saco é macio e úmido, e talvez, apenas talvez...

— Pessoal, agarrem-se nesta coisa que parece um casulo de larvas! — grito, tentando não pensar muito sobre as muitas implicações terríveis dessa frase.

— Se segure, Babão! — Dirk grita enquanto mergulha na coisa-casulo. Eu abraço o casulo fetal do mal, então June e Quint se amontoam sobre ele também.

Mais à frente, a boca horrível se abre assim que...

— Homens ao mar! — Dirk ruge.

Agarrando o casulo de larvas com força, nos jogamos para fora do Carro de Mente. O revestimento úmido do casulo de larvas escorre em riachos enquanto desce, e não há nada que possamos fazer a não ser nos segurar...

Capítulo Quinze

Tudo fica nojento quando o casulo explode abaixo de nós como um balão d'água jogado de trinta andares de altura. A criatura semiconstruída dentro amortece nossa queda e é achatada em uma mancha.

Todos nós ficamos ali por um momento, incapazes de acreditar no que acabou de acontecer.

— Urgh, tem gosma no meu nariz — June diz, finalmente.

— E na minha roupa de baixo — digo.

— E na roupa de baixo dos meus pés — Quint fala.

— Basta chamá-las de meias, Quint — Dirk explica.

O chão está escorregadio por causa dos restos pegajosos do casulo estilhaçado, e levamos um tempo comicamente longo para ficar de pé. Aterrissamos no pico de uma estrutura peculiar, alta o suficiente para que uma brisa bata em nós.

Quando termino de me esfregar pra tirar a gosma, ouço June sussurrar:

— Hã, pessoal...

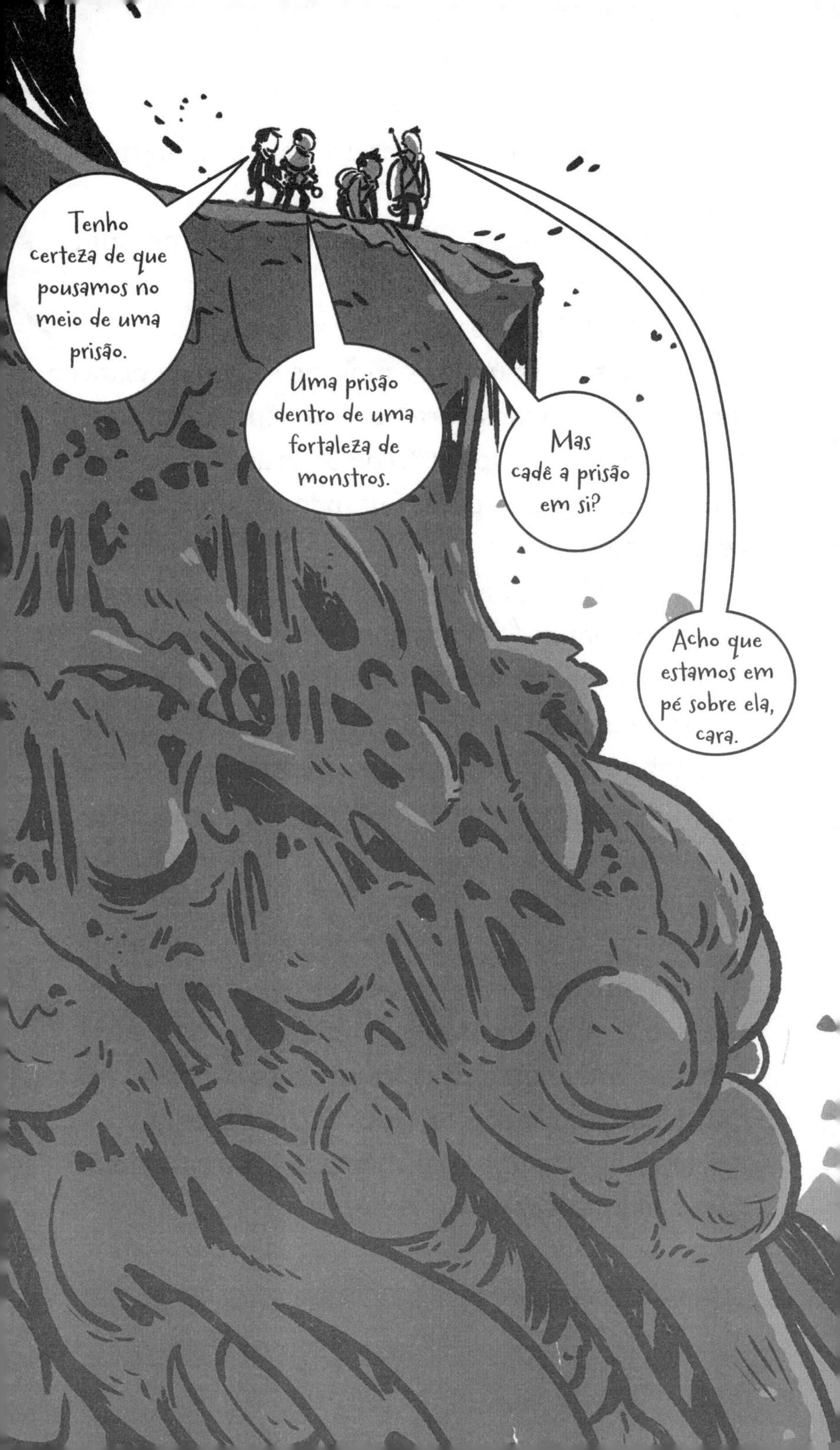
Tenho certeza de que pousamos no meio de uma prisão.
Uma prisão dentro de uma fortaleza de monstros.
Mas cadê a prisão em si?
Acho que estamos em pé sobre ela, cara.

— Isto é como uma boneca russa de coisas nojentas — digo.

— O Maparatus está indicando que o Diretorium está abaixo de nós — Quint fala. — Lá embaixo.

Então lá embaixo é para onde vamos...

Há uma fissura úmida e mole no centro da plataforma, nós corremos para ela. Nos espremendo, caímos na prisão em espiral. É como um arranha-céu de Jenga, com algumas peças faltando, algumas apenas pela metade.

— Esta prisão claramente não foi construída para pernas humanas — Quint observa.

Não há degraus... apenas um tubo circular e sinuoso sem fim, como uma rampa circular de estacionamento. O tubo é parcialmente transparente, como se fosse feito de acrílico manchado com geleia de morango. Isso nos leva a uma sequência interminável de celas de prisão, todas elas vazias.

À medida que continuamos descendo, nos encontramos, sem querer, caminhando pelo chão, depois subindo a parede, cruzando o teto, descendo a outra parede e, finalmente, de volta ao chão.

E depois isso se repete. E novamente. E de novo.

É um longo caminho para baixo... hã... ou para cima? Para o lado, talvez.

— Nunca pensei que sentiria falta de caminhar pela Floresta Proibida do Pressentimento — Dirk afirma após quase uma hora de caminhada. — Mas sinto.

— Da nossa *jornada* de herói — Quint explica.

June ri.

— Oh, é assim que vocês a estão chamando?

— Pode apostar — Dirk concorda. — Porque foi exatamente isso: eu e Quint até tivemos estátuas erguidas em nossa homenagem. Foi épico.

OK, sério. Quanta coisa eu perdi? — penso, e minha imaginação corre solta...

- MINHA IMAGINAÇÃO -

— É mesmo? Bom... — começo a falar, com minha boca rapidamente se afastando de mim. — Eu e June também tivemos uma jornada de heróis. Enquanto vocês estavam fora. Foi incrível. Nós, hã, nós lutamos contra um Meio-Uivante.

— Nós também — Dirk conta, sem se impressionar. — Mas nós lutamos com a metade da frente.

— Sim, bem, e nós derrotamos R̩eżżőcħ e Thrull. Eu mencionei isso? Sim, eles estão mortos agora. Além disso, encontramos um monte de influenciadores zumbis e todos nós começamos um canal no YouTube e já temos muitos seguidores.

Eu olho para June para que me apoie.

Mas a única coisa que ela faz é dar ré no ônibus e passar bem em cima de mim.

— Não, nada disso aconteceu. Eu já tive minha própria aventura sozinha; não preciso me juntar a sua história falsa e imaginária, Jack.

Não sei quanto tempo se passou até o tubo sem fim finalmente nos cuspir no andar térreo, mas sei que estou feliz por ter acabado.

Saímos para algum tipo de saguão. Um único guarda da prisão está em uma máquina de venda automática, apertando botões com raiva.

Passamos rapidamente por ele na ponta dos pés...

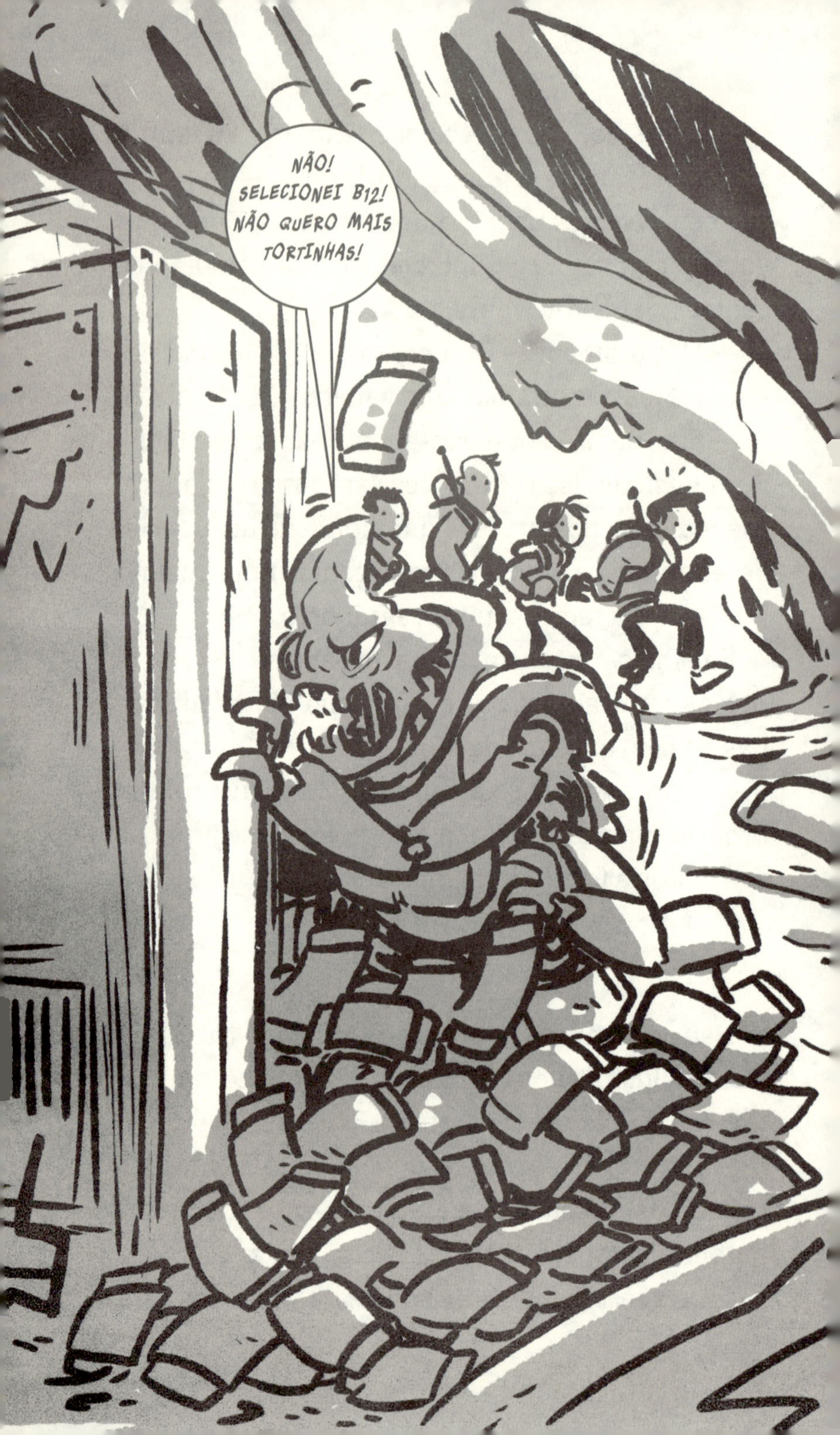
NÃO! SELECIONEI B12! NÃO QUERO MAIS TORTINHAS!

Escondidos atrás de uma fileira de latas de lixo transbordando — incrível que esses monstros nem reciclam — temos uma visão panorâmica do complexo prisional. É uma miscelânea para os sentidos. Há muito: movimento, barulho, odores.

Este complexo é do tamanho de uma pequena cidade. As estruturas estão empilhadas sobre outras estruturas, tudo amontoado, quase esmagado: bancas de mercado, tabernas e o que parece ser uma barraca de taco. Vigas e caminhos em zigue-zague se cruzam de um lado para o outro.

O fedor do mal exala *de tudo*.

À distância, vejo o que lembra vagamente uma torre de guarda. Mas então penso: não, não pode ser uma torre de guarda, porque está se movendo. Mas então percebo que pode ser uma torre de guarda porque é uma torre de guarda ambulante: um enorme sentinela caminhando.

Apontando para o centro de atividades à nossa frente, June diz:

— Este deve ser o mercado deste centro prisional.

— Os guardas da prisão do mal também precisam comer — Dirk comenta, dando de ombros.

Os guardas, junto com outras criaturas vis, cuidam de seus negócios. Mas nenhum está com muita pressa, eles parecem estar de férias. Benefícios de ser um guarda prisional em uma prisão vazia, imagino...

Muro de presas.

Lugswine.

Guarda prisional.
(entediado)

Sentinela.

Guarda prisional.
(dormindo)

Cercando todo o complexo está a parede da prisão: uma série de pontas irregulares, como dentes de tubarão de dez metros de altura, que se projetam do chão.

Aperto os olhos, observando uma besta pesada, um guarda grita com ela, chamando-a de *Lugswine*, marchando pelo portão vigiado. O *Lugswine* reboca uma carroça atrás dele.

— Provavelmente roupa suja — Dirk comenta, acenando para o carrinho. — Os filmes de prisão sempre têm caminhões de lavanderia indo e vindo.

— Eu não acho que esses monstros lavam roupa, cara — digo.

De repente, o Maparatus emite um bipe.

— O Diretorium — Quint anuncia. — Do outro lado da rua.

As sobrancelhas de June saltam, e ela cai de joelhos, toda inquieta em antecipação.

Infelizmente, a localização do Diretorium é menos do que ideal. Eu esperava que fosse, tipo, escondido em um canto sombrio. Ou na casa de uma doce velhinha. Qualquer lugar onde pudéssemos acessá-lo furtivamente, pegar o que queríamos e seguir nosso caminho.

Mas não. É bem *no meio* de tudo...

Quint estala a língua, pensando.

— Se pudéssemos passar por cima do Diretorium — ele fala, sorrindo tortuosamente —, então eu teria o que preciso para completar o trabalho.

— Sério? — pergunto.

Quint acena com a cabeça, sorrindo com orgulho.

— Meu papel é ser o Homem dos Planos e, como tal, planejei todos os cenários possíveis, completando com os *gadgets* que funcionariam neles!

Posso ver Quint se preparando para iniciar uma longa explicação sobre o que ele construiu e como, exatamente, funciona, mas Dirk o interrompe.

— Vou nos levar até lá — Dirk fala. — Apenas fica perto de mim.

— Hã? — começo a falar, mas Dirk já está em movimento. E já estamos seguindo ele...

O Caminho do Fortão Ninja

KRAK ?!

Dirk finalmente alcança um toldo, feito do que parecem ser asas rasgadas de monstros, diretamente acima da movimentada taverna dos monstros. Ele nos faz um monte de sinais de mão que não discutimos antes da missão e de que não precisamos porque estamos a meio metro dele. Acho que ele estava apenas ansioso para fazer um sinal de mão.

— Fantástico — Quint diz, enquanto olha para o lado. — O Diretorium está logo abaixo de nós.

Infelizmente, o *happy hour* acabou...

Uma porta se abre ruidosamente e monstros saem da taverna, reunindo-se na praça. Vozes estridentes surgem. A maior parte está em um idioma que não conseguimos entender, mas parte delas, entendemos, em alto e bom som...

QUANDO REŻŻÓCH VIER, ESPERO QUE ELE TRAGA SANDUÍCHES GIGANTES.

EU ESPERO QUE ELE ME TRAGA UM NOVO MELHOR AMIGO.

CALADO, CARL.

Eu gostaria que pudéssemos apenas nos sentar aqui, recuperar o fôlego e ouvir os monstros divagando sobre sanduíches gigantes, mas o tempo é essencial. O que significa que...

— Precisamos de uma maneira de distrair esses guardas — começo a falar, mas sou interrompido por...

— Babão! Pare! Volte aqui! — Dirk ordena em um sussurro de repreensão.

Algo chamou a atenção do Babão; ele não está mais empoleirado na espada de Dirk. Em vez disso, está gingando em direção à borda do toldo.

— Não pode desviar o olhar por um segundo, né? — pergunto.

Babão olha para nós, solta dois *meeps* e então...

SQUEESH

Ele salta pela borda.

— NÃO! — Dirk fala, cambaleando em direção à borda.

Babão cai e pousa com um respingo molhado. Assistimos com uma mistura de fascínio e pavor enquanto Babão se esgueira para a praça lotada...

Capítulo Dezesseis

Percebo imediatamente para onde o Babão está indo e por quê.

Um grupo de guardas está reunido em torno do que parece ser uma bola gigante de cabelos emaranhados. Eles arrancam pedaços em chumaços, enfiando-os em suas bocas cheias de presas. Pedaços daquilo caem no chão, e o Babão vagueia por ali.

— Acho que ele só está com fome. Ei, com o que você o alimenta ele, afinal? — pergunto, percebendo que nunca vi o Babão comer.

Dirk franze a testa.

— Hã...

— Cara, você não alimenta o Babão? — June pergunta.

— Ele gostava daquela massa picante — Dirk começa a falar, antes de...

— OLHEM SÓ ESSE PEQUENINO IRRITANTE! — um guarda grita de repente.

— Não, não, não! — Dirk fala, respirando profundamente. — Eles vão bater nele com fronhas cheias de sabonetes!

Mas os carcereiros monstros maus parecem apenas intrigados. Um deles arranca uma mecha do cabelo e joga para o Babão, como um vovô dando pão velho para os pombos no parque. O Babão engole tudo.

> AWWN, QUE BELO GOOB GOOB! EU PODERIA COMÊ-LO! MAS NÃO VOU, PORQUE, DA ÚLTIMA VEZ, COMI UM GOOB GOOB QUE ME DEIXOU DOENTE.

> DIGA "GHAZT AMA QUEIJO".

SPLOT

— Pessoal — June chama, percebendo uma coisa. — Essa é a distração de que precisávamos!

— O Babão não é uma distração! — Dirk reclama.

— Ei — falo —, quando a oportunidade bate à porta, você atende.

Dirk olha para todos nós por um longo momento, e então rosna:

— Está bem, apenas sejam rápidos. Se aqueles idiotas tocarem uma gota de lodo na cabeça do Babão, não poderei ser responsabilizado pelo que acontecerá a seguir.

Quint sorri.

— Nesse caso, é hora de revelar... — ele começa a falar, enfiando a mão na mochila para uma grande revelação. — O ARNÊS DE REDE!

A corda de laço da June pode me baixar pra eu acessar o Diretorium. E Dirk ancora a corda.

Certo, tá bom. Podemos continuar com isso? Babão está se misturando com o mal!

Tá, primeiro: tô amando isso tudo. Segundo? Vou com você.

— Ele foi realmente projetado apenas para uma pessoa... — Quint diz.

Mas faço um gesto apontando para os guardas abaixo.

— Quem sabe por quanto tempo as travessuras do Babão comendo cabelo vão manter esses caras ocupados. Se algo der errado, você ficará pendurado como um peixe no anzol, sozinho.

Quint cede. Momentos depois, nós dois estamos espremidos na rede enquanto June e Dirk nos baixam, mas percebo rapidamente que deveria ter ouvido Quint, porque...

O arnês vira, girando uma dúzia de vezes, então...

Esticando o pescoço, mal consigo ver o Diretorium. Parece uma máquina de fliperama feita de gelatina e cascas de amendoim.

Pequenos nódulos, que parecem enervantes como umbigos, cobrem sua tela. Estremeço um pouco quando Quint cutuca um deles sem hesitar.

Ele toca no Maparatus e um pequeno conector se estende. Ele pressiona o conector contra a porta de acesso do Diretorium, franze a testa, vira-o, tenta novamente, franze a testa de novo. Nada. Ele o vira mais uma vez e o conector desliza para dentro.

— Sempre na terceira tentativa — ele murmura.

O Diretorium pisca, então começa a zumbir enquanto os diagramas passam em alta velocidade.

Quint está cuidando disso, então eu viro minha cabeça. Vejo dois guardas desengonçados posando com Babão. Um guarda agachado tenta entrar em cena, mas eles o empurram para longe.

— Acelera aí, Quint — sussurro. — Tudo pode dar errado a qualquer momento.

— Recuperando o mapa completo da fortaleza agora — Quint responde.

Ouve-se um zumbido quando o Diretorium transfere as informações para o Maparatus. Leva apenas alguns minutos, mas parece uma eternidade. Felizmente o Babão mantém os guardas ocupados, entretendo a multidão.

Por fim, o Maparatus apita de novo, um bipe baixo e longo.

— Finalizado! — Quint diz.

Finalmente, eu penso. *Agora vamos sair daqui.*

Eu lanço a Dirk o sinal de "puxe-nos para cima, agora", mas Dirk não me vê. Ele está olhando o Babão.

E, nesse momento, muitas coisas dão errado ao mesmo tempo...

Babão solta um meep, mas não o seu meep habitual. É alto, assustado e confuso.

Eu me viro e perco o ar.

— Os guardas! Eles estão brincando de bola! Com o Babão!

MEEEEEEEEP!

CORRE, QYVURR!

Dirk solta a corda e, sem ele ancorando, June não tem escolha a não ser nos soltar também.

Há um *ZIP* vibrante quando a corda passa pelo lado e o arnês da rede cai.

Quint e eu caímos no chão. Eu fico com a pior parte, de cara para baixo, nariz enterrado em uma poça quente de eu-não-quero-saber-o-quê.

Não enxergo. Vire logo.

Se virar eu não enxergarei.

Então gire duas vezes.

Assim voltaremos à mesma posição.

Que tal meia virada?

Quint faz a meia virada, jogando seu peso para que nós dois fiquemos deitados de lado.

Levantando a cabeça, vejo Dirk na beira do telhado, segurando sua espada. Com Ultragosma escorrendo pela lâmina, sobre sua mão. Sua voz ressoa:

— COLOQUEM. O PEQUENINO. NO CHÃO!

Todos os guardas se voltam para Dirk. Eles se movem, trocando olhares confusos, e então...

SHINK!

De forma surpreendentemente rápida, os guardas se transformam em armas. Seus membros se transformam e se estendem em punhos cobertos de agulhas e braços pontiagudos. Todos eles parecem feitos sob medida para infligir dor ao cutucar.

E então...

FLASH!

Um holofote ilumina tudo enquanto um Sentinela entra pesadamente na praça, estacionando entre nós, mocinhos, e os monstros.

A cabeça do Sentinela abaixa. Seus olhos são holofotes, banhando Dirk em luz neon.

— Tudo bem, então, se é assim que vocês querem — Dirk rosna, dando um passo para trás, para a sombra.

— Onde ele foi? — Quint pergunta. Antes que eu possa oferecer uma resposta, ouço passos batendo no telhado acima, correndo rápido, até que...

— Tô indo, amiguinho! — Dirk grita, pulando do telhado, voando por cima da gente em direção ao Sentinela, e...

Diga adeus ao meu amiguinho!

Com um grunhido, Dirk sai dos holofotes.

Seus pés batem no peito do maior guarda, derrubando o monstro de costas. Babão está livre, e Dirk o pega no ar como se estivesse caçando uma mosca.

— Quint, ele acabou de dar uma de Zorro? — pergunto.

— Sim — Quint responde. — Ele acabou de dar uma de Zorro.

Os olhos de Dirk estão arregalados, não de medo ou raiva, mas com o que eu só posso imaginar ser um choque absoluto porque seu movimento de espadachim se balançando no candelabro não foi um desastre total.

Ainda não, pelo menos.

Mas talvez em breve seja.

Porque o canhão do Sentinela está apontado diretamente para Dirk e Babão, e ele está dando um grande passo à frente...

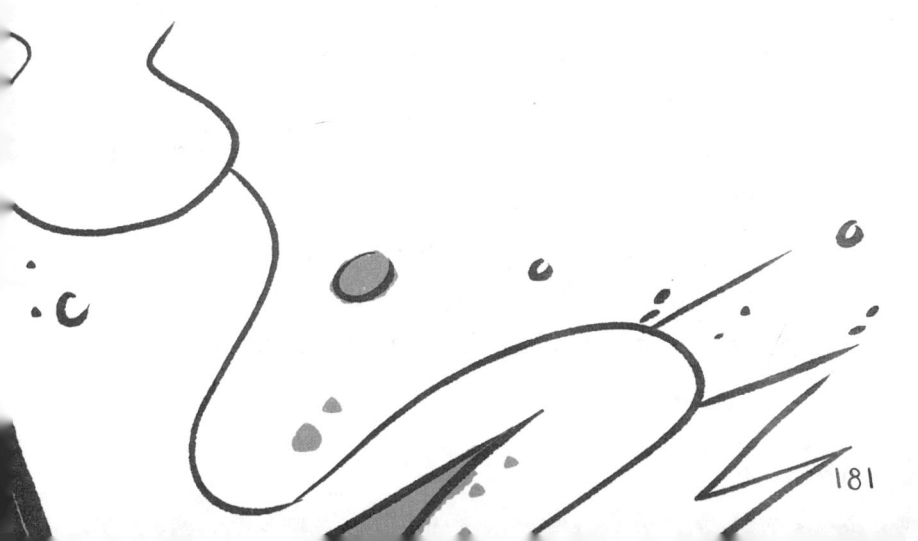

Capítulo Dezessete

—Jack, temos que nos levantar! — Quint me fala. — Juntos!

—Está bem! — respondo. — Quando eu contar até...

Mas Quint não espera nenhuma contagem e de repente sou levantado do chão. Estou preso de costas para Quint quando ele começa a correr.

No mesmo instante, o pesado pé do Sentinela pisa no chão, pousando em uma poça de Ultragosma do Babão.

O pé do Sentinela desliza, e o monstro imponente se inclina para o lado.

—Ele vai cair — June grita.

Eu viro minha cabeça no momento em que o Sentinela cai no chão com um estrondo alto...

O impacto parece um terremoto de magnitude 7. A força derruba alguns guardas e faz outros dobrarem seus joelhos.

— Acho que é a sua vez de ser as pernas, Jack! — Quint grita enquanto tropeça em uma mecha de cabelo descartada, caindo de lado, e então meus pés batem no chão, com minhas pernas já começando a correr.

Faço o possível para pular dois guardas caídos, mas não sou exatamente o Super Mario, com o Quint nas minhas costas, e estamos prestes a cair quando...

— Ei, pessoal, eu ajudo vocês — June diz, agarrando meu braço e me firmando.

Um zumbido estridente se forma ao nosso redor. Então ouvimos centenas de passos... guardas se levantando e correndo enquanto outros se apressam vindo das baias e estruturas.

De repente, Dirk está correndo ao nosso lado, segurando o Babão debaixo do braço como uma bola de futebol.

— Este lugar está ficando muito cheio, muito rápido!

— Precisamos de uma saída — June fala.

— Caminhão de lavanderia! Já falei, todo filme de fuga da prisão tem uma cena de caminhão da lavanderia. Acreditem...

— Não acredito que estamos falando disso de novo. Não tem caminhões de lavanderia aqui!

— O que mais seriam aqueles carrinhos?

— LITERALMENTE QUALQUER COISA!

— Se bem que... na verdade, só há uma maneira de descobrir — June fala, apontando para um beco enquanto para repentinamente. — Ele foi por aqui.

Eu paro de uma vez, bem repentinamente mesmo. Quint se vira nas minhas costas, com os pés batendo no chão enquanto me vira para cima, e agora sou eu que estou sendo carregado. Eu gostaria muito de sair dessa armadilha mortal e apertada.

Descemos o beco, escapando dos guardas por um momento. Passamos correndo por uma barraca de cachorro-quente de outra dimensão, bato meu ombro na porta, fazendo com que ela se abra enquanto continuamos passando.

— Agora vão pensar que entramos lá! — anuncio com orgulho.

Quando Quint vira a próxima esquina, vejo guardas que estavam nos perseguindo apontando para a porta aberta.

— Eu falei!

— Carrinho de lavanderia à frente! — Dirk avisa.

Vejo o *Lugswine* arrastando um carrinho do tamanho de uma lixeira em direção ao portão.

Aceleramos e, em instantes, Dirk e June estão subindo no carrinho. Eles agarram as mãos de Quint, nos puxando para cima também. O arreio da rede finalmente se rompe e Quint e eu caímos no carrinho.

E quer saber?

— Quem tinha colocado 'se esconder em um carrinho cheio de vísceras' em seu cartão de bingo? — June pergunta. Feliz em ver que ela está levando a coisa na brincadeira, mesmo com um pâncreas na cabeça.

O *Lugswine* continua seu caminho pesado em direção ao portão, alheio aos clandestinos dentro de sua carroça.

— Quint — June chama —, por favor, me diga que tudo isso valeu a pena.

Quint sorri e abre o Maparatus. Ele ilumina o carrinho.

— Certamente que sim! Agora temos...

— PESQUISE TODOS OS CARRINHOS DE SAÍDA! — um guarda ruge alto.

Nós congelamos.

O *Lugswine* bufa e começa a desacelerar. Ouvimos o barulho dos guardas se aproximando. Espiando por entre dois pedaços de carne de monstro, vejo o portão irregular da cerca da prisão pairando sobre nós. Tão perto.

— Sim. Isso também acontece em todos os filmes de fuga da prisão — Dirk fala. — Os guardas sempre verificam os carrinhos de lavanderia.

— Dirk... — June rosna. — Se o Babão não estivesse aqui agora, me desculpa, mas eu iria...

O rosnado de um guarda a silencia.

Está perto.

Todos nós congelamos, com os olhos travados uns nos outros.

Passos estalam. Um assobio. E então...

SHINK!

O braço pontudo do guarda entra pelo carrinho.

SKUTCH STAB SPUT

Rápido, Quint. Faça o aceno de mão Jedi de "este não é o carrinho de vísceras que estão procurando".

Não sei fazer isso.

Não devia ter escolhido o Obi-Wan se não está pronto para fazer o truque Jedi com a mão!

— Vocês dois, QUIETOS! — Dirk FALA, movendo-se suavemente para evitar o braço de espeto cutucando e cutucando.

Quint de repente abre o zíper de sua mochila e...

— Eca! — o guarda grita, arrancando seu braço para fora do carrinho. — Esse cheiro! É nojento!

O carrinho de repente sacode quando o guarda dá uma pancada nele.

— Tire esse daqui!

O *Lugswine* segue em frente e estamos em movimento novamente. Ninguém diz uma palavra. Finalmente, passamos pelo portão, deixando o complexo para trás.

Todos nós respiramos fundo.

— Como saímos de lá? — pergunto.

Quint sorri, enfiando a mão na bolsa.

— Aparentemente, os guardas não apreciam o aroma de sanduíches de salada de ovo.

— Você ainda está comendo essas coisas? — Dirk pergunta.

— Infelizmente, não. Mas eu estava com saudades do cheiro — Quint explica, revelando uma vela de sanduíche de salada de ovo. — Yursl criou para mim.

Nossas bocas estão abertas.

Quint franze a testa.

— OK, então, acho que sei o que vocês não vão ganhar de Natal este ano.

— Por favor, coloque a vela de volta na sua bolsa imediatamente — June pede. — E volte a nos contar sobre o Diretorium.

— Certo! — Quint começa a falar, girando um botão no Maparatus. — Eu entendo agora. Skaelka não estava falando poeticamente quando falou sobre o coração da fortaleza! Ela estava sendo literal!

Dirk resmunga.

— Como é que é?

— As paredes de carne, o chão pulsante. Esta fortaleza não é apenas cheia de monstros — Quint explica. — É um monstro! Está viva!

Eu franzo a testa.

— Quint, você parece terrivelmente animado com algo que soa... horrível.

— Não, não — ele continua. — Isso é bom! — Ele bate no Maparatus e um diagrama da fortaleza é projetado na parede do carrinho.

O coração é onde colocaremos o Destruidor de Fortaleza. Usando este mapa, chegaremos lá.

E digo mais: este mapa nos levará pra fora!

O Babão faz seu meep. June começa a sorrir. É com isso que a vitória se parece? Ou a quase vitória?

— Nós vamos conseguir! — June diz. — Vamos acabar com o fim do mundo!

— Claro que vamos — respondo, me recostando em algo mole e botando meus pés para fora. — A única coisa que poderia tornar este momento melhor seria um refrigerante de laranja gelado.

— Uma fonte de refrigerante de laranja — June corrige. — Mais refrescante.

O *Lugswine* emite um longo uivo, e o carrinho balança até parar. Tudo sacode... e é aí que vejo a abertura fina que percorre toda a extensão do piso do carrinho. E dobradiças.

— Ei, pessoal — digo, nervosamente. — Por que haveria dobradiças no fundo do carrinho?

E então descobrimos.

Ouve-se um *CLIQUE*, seguido por um rangido enferrujado quando o piso do carrinho se abre... e nós mergulhamos para baixo...

Capítulo Dezoito

Descemos por um tubo longo e curvo, viscoso e escorregadio, até que finalmente somos despejados. O chão é mole e...

Oh. Espera aí. Isso não é chão...

Estou cara a cara, nariz a nariz, com uma casca inchada de maldade.

MONSTRO MAU MEIO DISSECADO!

Minhas mãos empurram aquela carne fria, e começo a cair da mesa, novamente gritando:

— MONSTRO MAU...

Dirk me pega antes que eu caia no chão, colocando a mão sobre minha boca, me silenciando.

— Todo mundo vivo? — Dirk pergunta. Meus amigos pousaram ao meu redor. Eu sou o único azarado o suficiente para ter sido despejado em um *monstro cortado*.

— Nem todos — falo, enquanto a extensão total de onde estamos lentamente começa a ficar clara para mim...

Não é de admirar que Skaelka não quisesse voltar aqui — eu penso.

Corpos de monstros jazem sobre mesas; braços e caudas e línguas com uns trinta centímetros de comprimento pendem das laterais. Outros cadáveres de monstros flutuam dentro de câmaras tubulares brilhantes, seus membros balançando ao lado de seus corpos. Frascos, seringas e serras estão espalhados. Partes de monstros estão empilhadas em um canto, uma pilha de carne.

O ar é úmido; tudo parece úmido. E o fedor não apenas faz meus olhos lacrimejarem, mas também faz minhas pupilas *arderem*.

É tipo um necrotério.

Combinado a um laboratório de cientista louco.

Um necrolab.

— Está bem! Todo mundo se acalme! — June fala, alegre. Ela está sobre um joelho, com a mochila aberta. — O Destruidor de Fortaleza está nota 10.

— June... — começo a dizer.

Ela sacode a cabeça.

— Não. Essa é uma sala que eu não quero ver.

— Dirk, venha ver isso... — Quint fala, examinando uma parede. — Acho que é *ele*. Da memória de Skaelka.

— Chega de ficar olhando — Dirk fala. — Aquele cara é ruim. E agora que sabemos aonde temos que chegar... vamos lá. *E pronto.*

Opa, opa. Quando Dirk está dizendo coisas como "pronto", significa que não há como discutir com ele. Não que eu fosse discutir de qualquer maneira. Ficarei feliz em abandonar este lugar e espero enterrar todas as memórias dele naquele canto do meu cérebro guardado para pesadelos e memórias realmente embaraçosas, como aquela vez em que tentei deslizar pelo corrimão na escola e acabei apenas rasgando minhas calças *e* minha cueca.

Começamos a ir em direção à porta, mas Dirk levanta dois dedos, nos detendo. Ele espreita a cabeça para fora, olhando para o corredor.

Coloco minha cabeça para fora também... e então rapidamente a puxo de volta. Dois monstros compridos e esguios, vestindo túnicas compridas, quase como batas de enfermeira, estão correndo em direção ao necrotério.

— Certo, precisamos de outra maneira de sair daqui — falo, rapidamente.

— Não tem outra — Dirk responde. — A primeira coisa que verifiquei. Tem apenas aquela porta.

O que significa que precisamos da próxima melhor coisa a fazer: um lugar para se esconder. Armário de ferramentas? Muito pequeno. Tubo flutuante? Não consigo respirar debaixo d'água. Debaixo da terra? Eu não sou um roedor. Não há onde se esconder, exceto, talvez...

A pilha de carne, eu penso.

Um pedaço podre e fétido de partes de monstros está empilhado em um monte no fundo da sala. A maioria deles irreconhecível, sendo apenas... *eu estremeço*, sobras...

Na frente da pilha está uma casca de monstro redonda e protuberante que eu rapidamente chamo de Cara Voador. Tem a cabeça de uma mosca que foi mergulhada em cera de vela, completa, com dezenas de olhos do tamanho de bolas de *softball*. Um longo corte divide sua barriga ondulada ao meio.

— O Cara Voador — murmuro. — Tem que ser o Cara Voador.

— Absolutamente não... — Quint começa a falar, mas então ouvimos os enfermeiros tagarelando e tagarelando.

Eles estão perto.

June é rápida em sujar as mãos... correndo em direção ao monte de carne, agarrando o Cara Voador e o levantando. E então, *sim, não vamos desistir disso agora, vamos fazer isso, estamos subindo na casca de um monstro mosca morto e inchado.*

Os enfermeiros entram no momento em que fechamos a aba de pele coberta pelo globo ocular do Cara Voador...

Capítulo Dezenove

As entranhas do Cara Voador são fétidas e escuras. Há espaço suficiente para nós quatro, mais o Babão. Enquanto me mexo, meu cotovelo atinge algo macio e úmido. A luz começa a entrar, brilhando como um prisma através dos muitos olhos do monstro.

— Esta é uma bela vista — sussurro. — Se você gosta de caleidoscópios.

— Ninguém realmente gosta de caleidoscópios — Dirk resmunga.

June franze a testa. Com um toque, um canivete de metal sai da Arma, e ela corta uma das esferas. Temos uma visão clara agora, e não gosto do que vejo...

Há dois enfermeiros. O primeiro tem a cabeça de um tamboril, com uma luz vibrante pendurada acima de seu único globo ocular. O rosto da segunda enfermeira está aberto, revelando um segundo rosto mais horrível por baixo.

Eles correm, preparando o necrotério para alguma coisa...

–ENFERMEIROS MONSTRUOSOS!–

> AAH, OS NÚMEROS PARECEM BONS. SERROTE VAI FICAR MUITO SATISFEITO.

> NÃO SEJA TÃO NERD, DEBRA.

Trocamos olhares confusos. O nome da Cara que Abre é Debra? Monstros são estranhos...

De repente, ouvimos um assobio. E vem do corredor adiante, ficando cada vez mais alto.

— Ele está vindo! — Debra diz. — Pareça ocupado!

— Estou ocupado! — o outro responde. Ele conecta algo como um tanque de oxigênio de outra dimensão nas paredes carnudas e começa a fazer um som de *chug ka-chug* suave.

Debra agarra uma alavanca do tamanho de um mastro de bandeira que se projeta do chão. Ela se inclina para a alavanca, até que...

VRROOOOM

Uma grande seção circular do chão no centro do necrotério começa a se abrir, revelando uma poça de óleo embaixo.

June se mexe, empurrando sua cabeça perto da minha.

— Eu realmente espero que não tenhamos aparecido na hora do banho maligno... — ela diz.

O assobio fica mais alto. É uma pequena melodia alegre... o tipo de melodia que Willy Wonka cantarolaria antes de fingir uma queda e usar um bando de crianças malcriadas como alimento para uma fábrica.

Espere aí. Ah, droga. *Nós somos um bando de crianças malcriadas!*

— Ele está aqui! — o enfermeiro sibila, alisando seu uniforme.

E rapidamente ficam em posição de sentido.

E então ele entra.

O monstro da hora. O funcionário do mês nos últimos quatrocentos meses...

–SERROTE!–

Bráculos.

Pele igual ao anel de emoção. Emoção atual: irritado.

Pernas-tentáculos.

Minha pele fica toda arrepiada quando Quint diz:
— Aquele assobio parece ser o ar passando entre os tendões finos que ligam sua cabeça ao corpo.

Debra faz um som alegre de tchk-tchk-tchk.

— Senhor Serrote — ela fala —, seus cálculos estavam corretos. A piscina amoleceu ainda mais o tecido do sujeito.

— É claro que meus cálculos estavam corretos — Serrote afirma, arrastando os esses ao falar. — Meus cálculos nunca são menos que perfeitos.

> Ah, a gente dá conta desse cara. É só um nerd de ciências.

> Ei!

Um dos bráculos de Serrote se estica, puxando uma corda grossa que pende do teto.

A piscina começa a borbulhar, como se ele estivesse se preparando para ferver uma porção de macarrão com queijo tamanho gigante. Então algo começa a surgir da escuridão líquida...

O Babão solta um meep.

— Ah, quer ver melhor? — Dirk pergunta num sussurro, baixando gentilmente o pequenino e o colocando no chão.

O Serrote desliza em direção à piscina. Cápsulas esponjosas na superfície se encaixam, criando uma ponte, permitindo que ele cruze para o centro. Gosma escorre da forma que surge da superfície.

Eu sei quem... *o que*... é aquilo.

Todos nós sabemos.

GHAZT! MORTO!

Capítulo Vinte

Minha Mão Cósmica pulsa novamente e, por um segundo, me sinto estranhamente... sozinho.

Ele está morto. Ele está realmente morto.

Não estou triste porque Ghazt se foi, mas uma parte de mim se sente, hã, estranhamente vazia? Como se algo estivesse faltando. Eu não teria a mão sem ele, e a mão está me enchendo de um medo monstruoso.

Mas também não seria capaz de comandar meu Esquadrão Zumbi sem ele, e eu amo esses caras. Minhas entranhas estão totalmente confusas agora.

— Me sinto estranhamente simpático a ele — Quint sussurra, quebrando o silêncio.

Dirk franze a testa.

— Hã, notícias de última hora? Ele é mau.

— *Era* — corrijo.

Um *SNAP* alto traz nossa atenção de volta para o Serrote, que está colocando luvas cirúrgicas, ou algo que se parece com luvas cirúrgicas, em seus quatro bráculos.

A maior parte da gosma de óleo terminou de pingar do pelo de Ghazt. As pontas dos bráculos do Serrote se esfregam como mãos malignas e retorcidas.

Um armamento enlaça a cabeça de Ghazt, então puxa, levantando o corpo para cima. Serrote cantarola enquanto abre os olhos e a boca de Ghazt.

Finalmente, ele libera Ghazt, e o corpo enorme cai de volta na mesa.

— Chega de testes — Serrote anuncia. — O corpo está pronto para a extração de informação.

Serrote gira de volta para os enfermeiros. Cores passam no rosto dele, se misturando e piscando. E finalmente estabelecem uma expressão: prazer horrível.

— Agora — Serrote fala. — É hora de Ąäðđűḷ despertar completamente.

— Aah, eu amo essa parte! — Debra chia.

— Acho que ele está falando sobre a fortaleza — Quint sussurra.

Serrote olha para cima, para o teto curvo e irregular do laboratório. Seu corpo se expande como um marshmallow no micro-ondas, preenchendo o espaço ao redor do corpo de Ghazt.

— Deitado nesta plataforma está Ghazt, o General, um Terror Cósmico do Além Cósmico! O que significa que... EU TENHO UM **DEUS** NA MINHA MESA! E esta noite... eu opero um DEUS! — ele diz, enquanto seus braços se estendem para fora, endurecendo. — E isso faz de mim um DEUS! Ou quase isso.

Seus bráculos de repente disparam para cima, acertando quatro buracos brilhantes que pontilham o teto do laboratório. Eles entram com um *glup*, e em seguida giram, travando no lugar. O necrotério treme em resposta.

O corpo do Serrote começa a brilhar. Seus olhos se fecham, sua cabeça afunda em seu corpo, e então...

Um gemido áspero e duro vem de todos os lados ao nosso redor. O tremor do necrotério se transforma em um estrondo. Explosões de ar quente e pútrido sopram de rachaduras e fissuras.

O Olho de Lâmpada dá uma cotovelada em Debra com entusiasmo.

Cores e padrões brilham na pele do Serrote quando, finalmente, ele extrai seus bráculos do teto do necrotério.

A fortaleza treme forte mais uma vez e então se acomoda em um tremor suave e constante.

— Ao anoitecer, Ąäðďụ̣ estará totalmente acordado — Serrote afirma. — Então eu vou realizar a extração de conhecimento.

> Precisamos colocar o Destruidor de Fortalezas logo... tipo AGORA!

> O mapa está mudando. Novos caminhos estão aparecendo com sangue e oxigênio sendo bombeados rápido.

> O mapa aponta o banheiro? Acho que o Babão está precisando.

Serrote de repente gira para o lado.

— Agora... pegue meu *smoothie* revitalizante na geladeira compartilhada, e rápido!

Debra treme.

— Ah, hum... Não sabia que era seu, senhor. E eu estava com tanta sede que...

Serrote bate um de seus bráculos contra um tanque, sacudindo o cadáver flutuante lá dentro.

— Com certeza parece que alguém, Debra, quer fazer uma viagem até o poço das carcaças. É isso mesmo, Debra? Você quer fazer uma viagem até o poço das carcaças?

— Não, meu líder — Debra responde, evitando o olhar do Serrote.

Ele passa um bráculo por sua cabeça bulbosa.

— Estou em um nível de estresse alto agora, ok? O que significa que preciso tomar meus smoothies revitalizantes! Isso é muito para...

Serrote de repente fica em silêncio.

— E alguém poderia me dizer o que...

... É AQUILO?

Babão! Nós desviamos o olhar por DOIS segundos, e agora ele está brincando de esconde-esconde com o mal!

Todos nós olhamos para Dirk, que murmura:

— OK, tudo bem, vou arranjar uma coleira de criança.

— Olho de Lâmpada, isso pertence a você? — Serrote pergunta, se virando. — Perdi o memorando de que hoje é o dia de trazer seu filho para a escavação do lobo frontal?

Nossa, o nome dele é mesmo Olho de Lâmpada. Bom palpite.

Enquanto Serrote está ocupado repreendendo o enfermeiro, Dirk rapidamente estende a mão, agarra o Babão e...

— Ufa — Dirk fala —, essa foi por pouco.

Todos encaramos ele. — O que foi? Acham que o grandão percebeu?

— SIM, DIRK, EU ACHO QUE ELE PERCEBEU! — June responde.

De repente, a luz que inunda o Cara Voador é apagada. Com uma velocidade incrível, Serrote serpenteia em nossa direção. Dois bráculos deslizam por baixo do monstro morto, e então...

VOOSH!

A carcaça inteira é virada para trás.

Eu sinto que acabei de ser pego jogando uma tigela inteira de doces de Halloween no meu saco de doces quando o aviso dizia claramente: PEGUE UM.

> Hã, olá. Você aceita cupons de desconto vencidos pro passeio do laboratório do cientista louco?

> Jack, por que ele aceitaria cupons vencidos?

— Gostaria que eu examinasse o cupom, senhor? — Olho de Lâmpada pergunta.

— SE EU QUISER QUE EXAMINE UM CUPOM, OLHO DE LÂMPADA, EU VOU PEDIR QUE EXAMINE UM

CUPOM! — Serrote ruge. Seu corpo incha, sua pele manchada brilha como um iPad rachado, e então...

SKNIKT!

Lâminas de bisturi, ferramentas do terrível ofício do Serrote, irrompem de seus bráculos! Uma faixa raivosa de neon cruza seu rosto.

— Vocês três escolheram a fortaleza monstruosa errada para bisbilhotar... — ele afirma.

Vocês três? Penso.

É quando percebo que Dirk e Babão não estão aqui. Dirk deve ter se agarrado à carcaça quando o Serrote a virou! E de repente...

FORTÃO E FORTÃO JR. Ao seu dispor!

Serrote recua, mas mais de surpresa do que de medo.

Com esse breve momento de oportunidade, todos saímos correndo de nosso esconderijo, como baratas se espalhando quando as luzes se acendem.

— APREENDAM-NOS! — Serrote grita, enquanto Quint e June correm.

— Você quer que eles nos prendam, senhor? — Olho de Lâmpada pergunta.

— Não, Olho de Lâmpada! Eu quero que VOCÊ pegue ELES!

Parece que a cabeça de balão do Serrote vai escapar de seu corpo e explodir de pura raiva.

— Eu sabia o que você queria dizer, senhor! — Debra diz, enquanto corre para bloquear o caminho de Quint e June para a saída.

Ao meu lado, a espada de Dirk brilha enquanto corta o ar.

— Cubra seus olhos, Babão! — ele diz, quando...

SCHWOCK!
SLAM!

Dois dos bráculos de Serrote são cortados ao meio, e as pontas cortadas caem no chão.

Uau. *Uau.*

Mas Serrote simplesmente sorri.

Estamos em *grande* desvantagem aqui.

Serrote ataca com um de seus membros recém-criados, agarrando Dirk e jogando-o em cima de Quint e June. Juntos, eles colidem com Debra e Olho de Lâmpada.

Em um piscar de olhos, todos os meus amigos estão travando um combate com os Enfermeiros-Monstros.

> Nada de bom acontece em um consultório médico!

> Não, não. Às vezes te dão um pirulito.

Engulo em seco. Sou só eu e o Serrote agora.

E essa é uma luta da qual eu não queria participar.

Eu tento passar, mas Serrote lança um bráculo sobre mim.

Ele serpenteia ao meu redor, me levantando do chão até que eu fique balançando no ar, cara a cara com o vilão hediondo.

Serrote me estuda como se eu fosse um dos seus espécimes. Ele parece pronto para me descartar, apenas outro corpo para a pilha de carne, até que seus olhos se fixam na Mão Cósmica.

Um rosnado sibilante passa por seus tendões do pescoço.

— Ah, isso é interessante... — ele diz, enquanto um bráculo desliza pelo meu antebraço, serpenteando ao redor da Mão Cósmica.

Estremeço quando o bráculo aperta.

— Isso não é verdade — consigo dizer.

— Você gostaria de acreditar nisso, não é? — Serrote responde.

Estrondos e sons altos preenchem o necrotério enquanto Quint, Dirk e June lutam contra os Enfermeiros Terríveis.

Mas eu nem sequer olho para eles, estou muito cheio de medo e raiva.

Um sorriso cruel aparece no rosto de Serrote e eu grito...

NÃO É VERDADE!

— É muita verdade — ele fala, com a voz suave. — A menos que...

Essa última palavra paira no ar. Ele não termina a frase. Porque sei que ele quer que eu pergunte. E...

Eu quero perguntar também.

— A menos que o quê? — finalmente digo. As palavras saem em um quase grunhido trêmulo que soa mais desesperado do que eu gostaria.

— Sua transformação monstruosa não é inevitável — Serrote explica. — Eu poderia removê-lo de você. Isso está dentro das minhas capacidades.

E então minha cabeça vai para um lugar que eu pensei que nunca iria. Nunca poderia. Do outro lado da sala, vejo enfermeiros horrivelmente monstruosos pairando sobre meus amigos. Minha memória volta para os guardas no trem. Eu estava com medo de que eles machucassem June. Mas quando tudo foi dito e feito, fui eu quem causou dor em minha amiga. Com esta mão monstruosa.

E... eu acho que talvez... eu deva considerar a oferta do Serrote...

Não. O que estou dizendo? Eu nunca poderia...

Eu abro a boca, prestes a perguntar o que exatamente ele quer dizer. Mas antes que as palavras saiam, um choque de força dispara através da Mão Cósmica e minha boca se fecha. A manga da minha jaqueta incha e se abre quando a energia explode.

ZZZ-KRAK!

Os bráculos do Serrote se abrem, e eu caio no chão.

— Seu apêndice... — Serrote fala com um sorriso cruel — ... ele não lhe deu uma escolha, não é?

Eu não respondo.

— Ah, sim — ele continua. — Você será um de nós em breve...

Eu engulo em seco, minha garganta cheia de terror, e consigo me levantar. Agarro o Fatiador ainda tremendo, mas...

KRAK!

Serrote me joga pela sala como uma boneca de pano. Eu bato em um tanque, quico nele e caio direto na luta.

Uma luta que não está indo bem.

As coisas aqui também vão mal, né?

Os dois Enfermeiros Terríveis sorriem. Eles têm serras cirúrgicas em nossas gargantas.

Mas então...

WHUP! SCHLOOP! BLOOSH!

Algo irrompe pela parede atrás de nós. Faixas se apertam ao nosso redor, expulsando o ar de meus pulmões. Mas que diabos está acontecendo?!

Um calor espesso e carnudo nos envolve, e tudo escurece quando somos puxados de volta para dentro e através da parede!

Ao longe, Serrote ruge...

Capítulo Vinte e um

Fomos resgatados! Eu penso por meio segundo, mas, não, ser resgatado não deveria ser tão doloroso.

Estamos sendo arrastados como sacos de batatas. Não consigo ver nada, e tudo que ouço são pés batendo forte. Algo afiado espeta minhas entranhas, repetidamente, até...

OOF!

Quem nos sequestrou, não tão gentilmente, agora nos jogou no chão.

Meus olhos se abrem.

Uma fina teia de carne e tendão está pendurada no teto, irradiando um verde fluorescente. Pairando sobre nós, quase brilhando na luz, três figuras entram em foco. Três das criaturas mais estranhamente bizarras que já vi...

Valentões. UM... pelotão deles.

— Por favor, me diga que vocês são caras legais... — falo.

-O pelotão valentão-

— Legal — Dirk fala de modo inexpressivo.

Um ruído estomacal gorgolejante, como refrigerante sem gás espirrando em uma garrafa quente, vem da criatura que se parece com um sonolento Ursinho Carinhoso.

Mas há outro som vindo de alguns metros de distância.

Algo familiar.

Algo monstruoso, mas não *maligno*.

É engraçado, você ouve tantos sons estranhos e inesperados durante o Apocalipse dos Monstros que eles meio que começam a se misturar.

Mas esse som se destaca porque...

Não.

Não pode ser.

É um rosnado suave e questionador que se transforma em um latido ansioso.

Meu coração dispara enquanto me levanto.

O monstro com a cabeça de canhão empurra um braço carnudo para me parar, mas eu me abaixo.

Minha visão começa a ficar meio borrada.

Algo grande se move atrás do Pelotão Valentão. Em seguida, um latido agudo e feliz e, de repente, o trio de monstros é derrubado quando...

Eu quero acreditar nisso com cada fibra estúpida do meu ser estúpido, mas…

Se este apocalipse me ensinou alguma coisa, é que nada nem ninguém pode ser confiável. Já tive muitas visões estranhas e monstros na minha cabeça me mostrando coisas que não eram reais.

E eu quero tanto que isso seja real, tanto que tenho medo de que seja um truque. Não parece possível, mas...

Rover lambe meu rosto. É a mesma lambida bagunçada e babada que ele me deu quando nos conhecemos, o que parece ter sido há uma eternidade, nas ruas de Wakefield.

Eu enfio meus dedos em seu pelo, agora grosso, cheio de mato e emaranhado com lodo e sujeira.

Rover continua lambendo meu rosto até que eu caio de costas e ele cai em cima de mim, com a cabeça apoiada na minha barriga.

Eu olho para os meus amigos.

— Pessoal? Isso é real, certo?

Quint sorri.

— É real, amigo.

Mas... se é real, por que meus amigos não estão correndo para se juntar aos abraços e se reunir?

Ah, certo. O Pelotão Valentão.

Eles ainda estão sobre nós.

Rover pula de pé e olha para o Pelotão Valentão com os olhos arregalados, balançando o rabo para frente e para trás, como se estivesse tentando dizer a esses caras que estou bem. Que estamos todos bem... e definitivamente não somos o tipo de criatura que seria ou faria uma boa refeição.

Mas a cauda de Rover atinge June, jogando-a para o lado, e sua mochila se abre quando ela cai para trás.

Nós assistimos, congelados, enquanto o Destruidor de Fortalezas desliza para fora, escorregando pelo chão em direção ao Pelotão Valentão.

Dirk inspira profundamente, e posso praticamente ouvir os dedos de June cravando no chão duro.

O Pelotão Valentão se move em direção ao Destruidor de Fortalezas.

A criatura com aparência de besouro com apêndices de espada dá um leve empurrão com a perna. E então uma cutucada na costura. Manchas brilhantes de glitter são espalhadas.

— Não! — June grita, estendendo a mão.

— Esse é o nosso...

— Espera aí. Thrull? — **exclamo**. De repente, percebo que nunca vi o Destruidor de Fortalezas finalizado. — Está dentro de um *Thrull* de pelúcia? Dirk, era isso que você estava costurando? *Sério mesmo*?

Dirk franze a testa e dá de ombros.

— Agora não é hora, Jack — June fala.

O Pelotão Valentão se vira em nossa direção. Então olham de volta para o Destruidor de Fortalezas. O que parecia um besouro desliza suavemente um braço de lâmina por ele, levantando-o como um bebezinho. Um bebezinho que pode explodir todos nós três vezes...

E é aí que June grita...

— NÃO! BOMBA! É uma bomba. Parem. É uma bomba.

A criatura-besouro ergue seus apêndices mais alto.

> BOMBA? AMAMOS BOMBAS!

June solta um suspiro de alívio gigante, e atrás dela, Quint, Dirk e eu somos seus suspiradores de apoio.

— Eu também, amigo. Eu também! — June diz, se levantando e jogando um braço em volta do monstro. — Uma bomba GRANDE! Embalada em coisas de bombas grandes... além de *glitter*!

— Glitter para seus inimigos! — canta o monstro que parece um besouro. — Nunca vai sair! Você é um GÊNIO diabólico!

— Vamos pegar aquela bomba e colocá-la no coração desta fortaleza! — June conta. — Vamos explodir este lugar antes que os vilões façam coisas ruins de vilões! E então... nada mais de fábrica de tortura, nada mais de esquemas de torres, apenas um grande KA-BUUUUM!

June está radiante, esperando que eles retribuam sua empolgação. Mas então assistimos, chocados, enquanto o monstro-besouro despeja a bomba em sua barriga e...

Capítulo Vinte e Dois

June estoura.

— O QUE QUER DIZER COM NÃO PODEMOS USAR? Não vamos explodir vocês. Não sabíamos que estavam aqui!

Quint concorda com a cabeça.

— Nossa inteligência disse que este lugar estava vazio de não maus..

Dirk olha para o Pelotão Valentão.

— Podem simplesmente vir conosco quando partirmos. Aposto que vocês são bons em uma luta, por causa de todo esse… hã… — Dirk faz uma pausa, observando seus muitos apêndices e anexos bizarros. — Todas as suas coisas.

— Não podemos ir com vocês — a senhora besouro diz. Tenho a sensação de que ela é a líder desse trio estranho. — Devemos permanecer aqui.

Eu olho para Rover, tentada a sussurrar algo em seu ouvido como: "Ei, amigo, seus novos amigos são meio idiotas." Mas eu resisto.

— Esperem um pouco — Dirk fala, e eu o ouço abaixar a voz em um tom mais profundo, ficando grave. — Vamos tentar manter isso sociável. Como amigos. E os amigos têm nomes.

Com alguns acenos de cabeça, Dirk nos apresenta. Nada extravagante, sem histórias de fundo radicais, apenas os fatos. Então ele olha para o Pelotão Valentão, esperando.

Rover olha para a senhora besouro, ofegando alegremente. Ela finalmente diz:

— Os sons da nossa língua nativa vão fritar suas entranhas duas vezes. Para simplificar, podem nos chamar de:

PEACHES.

SOU O DAVE, CARAS.

ME CHAMO JOHNSON CANHÃO. OS AMIGOS ME CHAMAM DE JOHNSON CANHÃO.

Então... como devemos chamá-lo?

NÃO DE JOHNSON CANHÃO.

Antes que possamos perguntar por que eles precisam permanecer aqui e, mais importante que isso, por que não podemos usar o Destruidor de Fortalezas, um som alto de revirar o estômago soa.

— ALARME! — Peaches fala.

Em um piscar de olhos, o Pelotão Valentão entra em modo de bloqueio. Canhão fica atrás de nós, nos empurrando.

À nossa frente, uma porta se abre em espiral com um *barulho*. Corremos para uma caverna enorme, estranha e úmida enquanto a porta gira, nos trancando lá dentro.

Peaches raspa um longo dedo em forma de garra sobre um nódulo carnudo na lateral do que agora parece ser um elevador de carga de outra dimensão. Começamos a descer pelo poço e me agarro um pouco mais ao Rover. De repente, o elevador para e a escuridão é cortada por uma lasca de luz vermelha quando a parede se abre atrás de nós, revelando algo que eu não esperava ver...

— Isso é... — June começa a falar, depois faz uma pausa, como se não tivesse certeza se pode acreditar no que está vendo — ... uma lanchonete do reino dos monstros?

E essa nem é a parte mais estranha. Há vários monstros nela. *E criaturas. E coisas. Em toda parte.* Reconheço alguns do bestiário de Quint, de antigamente. Mas esta sala é como um zoológico de monstros...

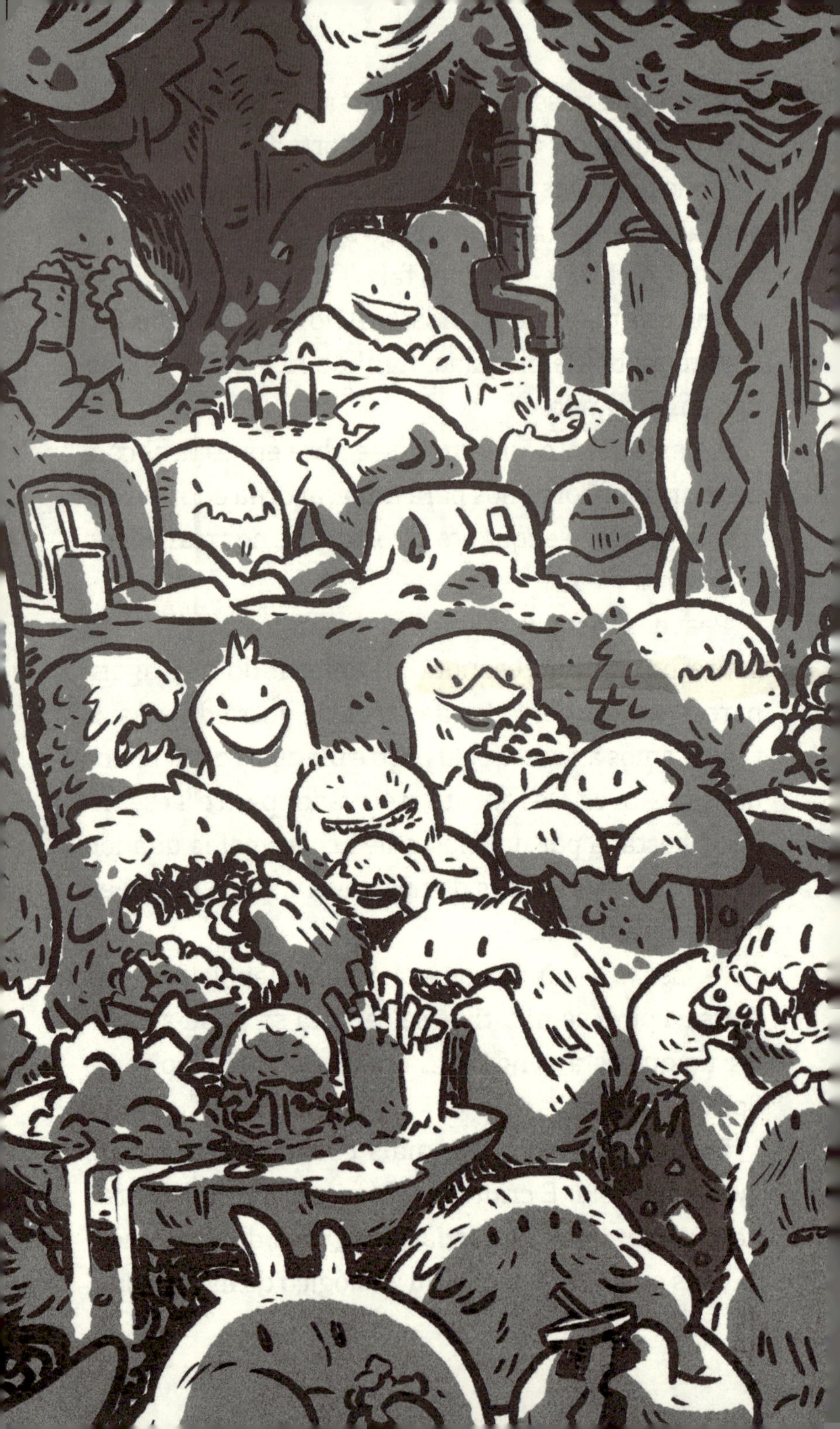

— O que é tudo isso? — Quint pergunta.

— A Larva Feliz — Johnson fala. — Melhor comida gostosa em qualquer dimensão. E milk-shakes bons também.

— Acho que ele quis perguntar sobre essas criaturas — Dirk explica.

— Sobreviventes — Peaches responde. — Como nós.

— São a coisa mais fofa que já vi — June fala. Então Rover olha para June com olhos grandes e arregalados. — Exceto por você, gracinha, é claro — ela acrescenta rapidamente.

Parece que estamos seguros, por enquanto. Então me ajoelho e dou outro grande abraço em Rover.

— Eu senti sua falta, amigo — digo. — Eu senti sua falta mais do que sabia que poderia sentir falta de qualquer coisa.

Para começar, nunca tive muitas coisas mesmo. Mas então me mudei para Wakefield e conheci Quint e finalmente entendi o que significava ter um melhor amigo. Então, depois que o mundo acabou, encontrei Rover. E esse foi o começo dessa nossa estranha família.

Meu peito aperta, passo o braço sobre os olhos e a manga sai molhada.

— O que aconteceu depois que você e Skaelka se separaram? — finalmente consigo perguntar.

Rover enrijece, atento, então solta uma série de latidos em rápida sucessão. É um momento muito Lassie...

> E o carregaram pra cá? Onde encontrou esses caras?

— Certo — digo. — Acho que consegui entender a maior parte disso. E você está aqui desde então?

Rover latiu em concordância.

— Ei, amigo — Dirk fala, enquanto Babão se aproxima de Rover. — Alguém quer dizer olá.

Rover lambe Babão dos pés à cabeça, lançando o carinha no ar. Quando Babão pousa, ele solta um meep e lambe Rover de volta.

June se ajoelha.

— Ei, Rover — ela diz, baixinho. — Você já viu um jovem Alado por aí que não tinha asas?

Ela está perguntando sobre Neon, a criatura com quem ela fez amizade enquanto estava perdida na selva.

A expressão no rosto de June muda totalmente quando Rover late e balança a cabeça. Conheço essa expressão: meio alívio, meio decepção. Este seria um lugar ruim para encontrar alguém que você ama, mas... pelo menos ele seria encontrado.

Um *DING* repentino chama minha atenção.

— Ooh, sim, aí vem o Canal de Comida! — diz o monstro chamado Dave.

Ele me lembra uma preguiça... lento e cansado. Mas está claramente animado para comer alguma coisa.

— Hã, nós não colocamos 'almoço' em nossa agenda da Missão-Operação — começo a falar.

Mas Peaches ergue a mão em forma de espada, pedindo silêncio. Pelas paredes, ouvimos os guardas de Serrote correndo, chamando uns aos outros com atualizações.

— Não há humanos neste quadrante! — um grita.

— Procure de novo! — outra voz grita de volta.

— Eles têm que estar em algum lugar!

Dirk pega sua espada, mas Dave coloca uma mão gentil no pulso dele.

— Calma, amigo. Você está seguro aqui.

Peaches acena com a cabeça.

— É o esconderijo ideal, porque... — Ela faz uma pausa, tentando descobrir como explicar isso. — Esta área da fortaleza não serve para a entidade maior.

— Como um órgão vestigial — Quint explica. — Parecido com o apêndice humano. Embora, tecnicamente, o apêndice não seja...

— Já entendemos — Dirk fala, passando o braço em volta do ombro de Quint. Então continua: — Bom, se estamos parados, sentados e esperando, podemos muito bem ficar sentados, esperando e comendo.

Então, sem outra escolha, nós jogamos nossas bundas no chão. O Larva Feliz é como uma rede de *fastfood* de outra dimensão, completo com um centro de diversão. Um par de criaturas parecidas com pinguins sobe o escorregador, desce e sobe para escorregar novamente.

Há outro *DING* e, nesse momento, um único fluxo de líquido rosado jorra de cima, como se o teto tivesse vazado.

— Canal de Comida — Dirk resmunga. — Organizado.

O fluxo muda de direção, formando arcos e curvas através da câmara. É como a água da chuva correndo por uma calha, só que não há calha. O líquido simplesmente flui, suspenso, ignorando a gravidade e a física.

— Comam, consumam, bebam — Peaches diz, como uma avó preocupada enquanto o canal passa por nós, carregando infinitas caixas do tipo que vem com um brinquedo. Eu pego uma do líquido pegajoso.

— Bom, então... quem são vocês? — June pergunta, abrindo uma caixa e jogando um punhado de balinhas que incham. Assim que atingem a língua dela, explodem em tamanho real e suas bochechas incham como um esquilo.

CÃES DE GUERRA! BRIGÕES! LUTADORES!

FAZEMOS PARTE DA RESISTÊNCIA CONTRA REŻŻOCH.

É UM TRAMPO DECENTE. OU ERA, ATÉ SERMOS PEGOS. DOIS MALDITOS RIFTERS NOS TRAÍRAM. GRANDE SACANAGEM.

— Rifters são os piores — Dirk fala.

— Vocês, moloides, lutaram contra Rifters? — Johnson pergunta, claramente não acreditando em nós.

— Um monte deles — respondo.

— Os servos de Ṛeżżőcħ nos enviaram a esta fortaleza. Serrote exigia objetos para teste... — Peaches diz. — E então veio a tortura. Experimentação. Alteração indescritível.

Só então percebo que todas aquelas coisas estranhas no Pelotão Valentão, as coisas que os fazem parecer menos naturalmente monstruosos do que outras criaturas que encontramos, são o resultado do encontro com o Serrote.

O pedaço de artilharia do tamanho de um obus saindo do crânio de Johnson. Os braços-espada e as pernas-espada de Peach. As mãos em pinça e as asas ossudas de Dave.

Puxo Rover para mais perto.

— Estávamos na fortaleza quando Ṛeżżőcħ abriu os portais — Peaches conta, passando suavemente uma de suas lâminas sobre o pelo de uma criatura-gato que ronrona. — E então caímos por eles. Aqui.

— Foi um passeio selvagem, caras — Dave fala. Ele tem um verme na boca, fazendo uma coisa do tipo A Dama e o Vagabundo misturado com algo como um babuíno mutante.

— Espera um minuto — Dirk intervém. — Se vocês podem se esgueirar por este lugar, entrando e saindo das paredes, como é que vocês simplesmente não se levantaram e saíram daqui?

Peaches se inclina para trás, pensativa. Sua barriga se abre com um *schloop* molhado e ela puxa o Destruidor de Fortalezas, colocando-o sobre a mesa com um *plop*.

— Pelo mesmo motivo que não podemos permitir que vocês usem isso...

São as criaturas... não podemos partir e abandonar essas criaturinhas à mercê do Serrote.

E TEM UM MONTÃO DELAS, ENTÃO, SE TENTÁSSEMOS ESCAPAR, OS GUARDAS NOS PEGARIAM LOGO.

E NÃO PODEM DESTRUIR A FORTALEZA ENQUANTO ESSAS CRIATURAS INOCENTES ESTIVEREM AQUI.

— Eu largaria essas bolas de penugem em um segundo — Johnson fala, colocando um punhado de sopa na boca. Ele me lembra um lutador profissional que levou muitos golpes fortes na cabeça. — Mas Dave diz que não é legal.

— De onde todos eles vieram? — Dirk pergunta enquanto tenta soltar o Babão de uma das criaturas peludas.

— Alguns já estavam aqui quando a fortaleza caiu pelo portal — Dave responde. Ele se levanta, bocejando, e caminha em direção ao playground. — Outros foram agarrados pelos sentinelas do Serrote depois que a fortaleza pousou.

Como Skaelka, penso. *E Rover.*

— Nós os resgatamos da prisão — Peaches conta. — E os trouxemos aqui.

Da segurança da caverna oca, ouço guardas apressados procurando por nós. No entanto, de alguma forma, fomos nós que encontramos o que nem sabíamos que procurávamos: aliados inesperados, provavelmente.

Mas o tempo é curto. A qualquer momento, a fortaleza despertará, e Serrote abrirá o cérebro de Ghazt e sugará os Esquemas da Torre.

E com o Pelotão Valentão e essas criaturas, nosso plano se tornou muito mais complicado.

— Tenho uma pergunta — Quint fala. — Se vocês já eram prisioneiros quando a fortaleza caiu, como chegaram aqui? — ele gesticula para a sala circundante.

— Quando a fortaleza foi sugada pelo portal, houve caos — Peaches explica. — E durante aquele caos, vimos nossa oportunidade de escapar da prisão, e a aproveitamos.

Olhando para o Destruidor de Fortalezas de June, uma ideia começa a se formar dentro da minha cabeça.

— E se... — começo a dizer. — E se pudéssemos criar um pouco mais de caos?

Johnson sorri.

— Esse garoto engraçado é bom em pensar. Eu amo criar o caos. Quase tanto quanto amo causar destruição.

Peaches bate pensativamente com a mão em forma de lâmina contra o Destruidor de Fortalezas.

— Esse Destruidor de Fortalezas de vocês... ele iria fazer, quais eram as palavras mesmo? Um grande KA-BLUUUM. Mas a fortaleza está viva. Sua destruição não será instantânea. Uma vez que o coração é destruído, haverá uma reação em cadeia quando o corpo começar a desligar, desmoronando sobre si mesmo, até que finalmente seja uma massa de energia latente. E então...

— Ka-buuuum? — June pergunta ansiosamente.

Peaches concorda com a cabeça.
— Ka-Bluuum.

De uma só vez, conversas animadas enchem a sala: meus amigos e o Pelotão Valentão trocando ideias, todos animados. Todo mundo está elaborando algum tipo de plano de dupla distração, exceto Dave, que pode muito bem estar em Marte.

Eu o vejo descansando em uma pilha de criaturas enormes e fofas. Seus olhos estão fechados. Uma pequena criatura com aparência de pássaro come migalhas de seu peito.

Só então percebo que ele se parece um pouco com Bardo. Tipo, eles poderiam ser primos de nono grau.

Eu me levanto, caminhando até ele, prestes a dizer que me lembra um amigo. Mas ele boceja e fala primeiro:

— Eu sempre dou uma viajada durante as partes de 'grande plano'.

Suas pálpebras se abrem pela metade, e ele se senta, encostado em algum tipo de criatura gigante e fofa que se parece com um canguru. Então me olha... parando para observar a Mão Cósmica.

Enfio a mão no bolso, mas ele continua olhando como se soubesse o que estou escondendo. Finalmente, parecendo muito sábio, mas também muito sonolento, ele diz:

— Eu vi algumas coisas estranhas na vida. Se importa se eu lhe der alguns conselhos?

Rover se aninha contra minha perna.

— Hã, claro que não — digo, embora conselhos não solicitados sejam sempre os piores.

> VOCÊ TEM UM POUCO DO OUTRO LADO EM VOCÊ. MINHA SUGESTÃO É...
>
> SE APOIE NELE, CARA.

Eu engulo em seco.

Não amo o jeito que soa a frase: "o outro lado em você".

E... hã... se apoie nele? Afinal, o que isso quer dizer? Se apoie nele para se tornar um monstro? Ou dando a Skaelka a emoção da vida dela, deixando-a cortar a Mão Cósmica? Eu quero perguntar, mas...

Um gemido ecoa pela fortaleza. As paredes rosa-salmão ficam vermelho-sangue. No teto, bolhas de gosma começam a se agitar, borbulhando como um copo gelado de refrigerante.

— Pessoal! — Quint grita. — O mapa está mudando de novo!

— Bom... — Dave diz com um suspiro apático —, a fortaleza está acordada.

— GUARDAS!

A voz é como um trovão, bombeada pela fortaleza, carregada pelas artérias e veias, envolvendo-nos completamente.

É o Serrote.

— Guardas! — ele repete. — Apresentem-se no bloco operatório. Sem enrolação! Qualquer um pego enrolando ou namorando será desintegrado. ISSO É PARA VOCÊ, DEBRA! Repito, apresentem-se a...

Acho que minha conversa com Dave terá que esperar.

Meus amigos estão fora de seus assentos, arrumando seus equipamentos. June está apertando bem as alças da mochila, com o Destruidor de Fortalezas preso dentro dela. Parece que eles têm um plano real.

Então as coisas ainda estão em movimento. Claro, fizemos um desvio. Mas o que foi que George Washington disse mesmo? Ou será que foi Bruce Lee?

— A vida é uma rodovia.

E, às vezes, ao que parece, os desvios acabam se tornando atalhos.

Capítulo Vinte e Três

Uma porta se abre, e um labirinto de túneis, levando à sala de operações, surge atrás dela. Quando entramos, Canhão Johnson grita como um sargento de treinamento:

— Movam-se, vermes!

Dirk começa a dizer ao Canhão para não pegar tão pesado, quando percebemos que ele está falando com vermes de verdade. Ou lesmas, talvez. Um desfile de lesmas desliza constantemente por seu pescoço e entram no canhão que se projeta para fora de sua cabeça.

— Tenho que carregar o velho mosquete — ele fala.

— Claro — Dirk comenta, como se fosse uma coisa normal. — Bem, boa sorte. Nos vemos do lado de fora.

— NÃO PRECISO DE SORTE, MOLOIDE. TENHO UM CANHÃO NA CABEÇA.

— Justo.

Momentos depois, estamos acelerando por um labirinto de tubos e túneis curvos e divididos. Eles são escorregadios e angulados em uma inclinação íngreme, mas nós surfamos neles com uma velocidade incrível, impulsionados por alguma estranha gravidade reversa.

Os túneis se contorcem ao nosso redor... expandindo, inchando e depois apertando.

— Mudança de direção! — Quint diz pela terceira vez, observando o Maparatus. — O corpo da fortaleza, totalmente desperta, está mudando! Parece estar desligando órgãos não essenciais e redirecionando toda a energia para a Sala de Operação!

Ainda bem que nos conectamos ao Diretorium, caso contrário, estaríamos reduzidos a uma polpa agora.

Ei, pessoal. Dave estava falando coisas estranhas lá atrás... podem me explicar de novo o negócio da distração dupla?

É uma abordagem em duas frentes, exigindo precisão perfeitamente cronometrada.

A qualquer minuto, o Pelotão Valentão começará sua Grande Fuga com a brigada de criaturas.

— Isso chamará a atenção do Serrote — Dirk fala. — O suficiente para tirar alguns guardas do teatro.

— O que — June começa a falar — deve nos permitir armar o Destruidor de Fortalezas. E detoná-lo! Criando aquela reação em cadeia de que Peaches estava falando.

— Esquerda! — Quint grita, inclinando-se em um ângulo impossível. Passamos pela boca do túnel que se bifurca. — Vai ser um caos! Os guardas não saberão mais o que está acontecendo acima e abaixo deles!

— Sim, não saber o que está acima e o que está abaixo com certeza será terrível para eles — digo secamente enquanto observo o chão que desafia a gravidade correr sob meus pés.

— E nesse caos, o Pelotão Valentão e as criaturas conseguem escapar — Quint fala.

— E nós também — Dirk continua.

— É a distração dupla perfeita! — June completa.

Olhando para o Maparatus, Quint diz:

— Preparem-se, estamos chegando!

Um instante depois, saímos da passagem cada vez mais apertada, deslizando e derrapando em um enorme local semelhante a uma arena. Felizmente, entramos no mezanino traseiro-traseiro-traseiro, na última fileira, o mais barato dos assentos baratos.

— Esqueça a Sala de Operação — June sussurra, com os olhos arregalados. — Essa coisa é tão grande quanto um teatro de ópera.

As muitas fileiras do estádio estão cheias de guardas. Não há assentos ou bancos, em vez disso, os guardas se ajoelham, suas pernas de inseto dobradas e torcidas sob eles.

Felizmente, seus olhos, ou melhor, as cavidades onde deveriam estar os olhos, estão fixos na preparação que está acontecendo abaixo.

Em Ghazt...

Seu corpo jaz sobre uma plataforma flutuante: a mesa de operação. Embora me lembre mais um altar.

A acústica neste lugar é como um bom rock-and-roll... estamos a pelo menos trinta metros acima do andar de operação, mas o barulho de ferramentas e a tagarelice dos Enfermeiros Terríveis continua.

Debra aperta as presilhas ao redor do corpo de Ghazt. Olho de Lâmpada carrega uma longa mangueira.

E pairando sobre todos eles está o Serrote.

— ESTÁ NA HORA! — Sua voz ecoa pelo teatro.

— Essa coisa está prestes a começar — digo. — Temos que armar o Destruidor de Fortalezas *agora*.

— Mas onde está o coração? — June pergunta.

— Parece que estamos em cima dele... — Quint diz, olhando para o Maparatus, enquanto ele o gira.

E enquanto Quint procura, observo a ação lá embaixo. Serrote estende seus bráculos, pedindo suas ferramentas.

MARTELO SÔNICO.
AQUI!
SONDA CEREBRAL.
AQUI!
CANUDO MALUCO MULTICOR?
AQUI!

Serrote desliza ao redor da laje até ficar sobre a cabeça de Ghazt.

— Nosso paciente é um Terror Cósmico que viveu por muitos milênios. Sua mente contém neurobytes quase infinitos de conhecimento e memória.

— Isso vai ser difícil — Olho de Lanterna fala. Ele estende uma garrafa de energético, o canudo balançando no rosto de Serrote. — Refri, senhor?

— Nenhum procedimento é 'duro' para meus bráculos habilidosos! — Serrote responde, bravo. Mas toma um longo gole de refrigerante. Seus lábios estalam, então... — Martelo sônico!

Debra entrega o dispositivo para ele, e a ponta de seu bráculo se enrola em torno da ferramenta. Com um giro, Serrote levanta o martelo sônico, segurando-o estendido para sua audiência de guardas olhar. Eles se animam descontroladamente com a visão.

Serrote balança o martelo sônico para baixo. Ele bate contra o crânio de Ghazt com um terrível **CRACK**.

— Estamos quase sem tempo... — digo, olhando para Quint.

Ele baixou o Maparatus, e agora está olhando para cima, em direção ao pico da Sala de Operação. Ele respira fundo.

— Não estamos em cima dele — Quint fala, percebendo. — Ele está em cima de nós.

O coração está bem acima do teatro, posicionado como um placar eletrônico em uma arena de basquete. Parece uma joia vermelha, inserida no teto circular carnudo. Meia dúzia de ossos arqueados, como uma caixa torácica, levam até ele.

> Como vamos chegar lá?

> Podemos escalar as colunas, mas não com guardas por todo o lugar.

> Onde está o Pelotão Valentão? Para uma distração dupla funcionar, a primeira distração deve começar.

> Talvez ainda não tenham saído porque não encontraram as chaves deles?

— Sonda cerebral! — Serrote grita, esticando outro bráculo.

Olho de Lâmpada aparece, entregando a Serrote o que parece ser um termômetro de carne.

Ah, não… penso.

Serrote mergulha a sonda no centro do crânio de Ghazt com um *POP* doentio! Meu estômago quer devolver o almoço monstruoso. Enfio o punho na boca para evitar que o vômito borbulhe.

Os guardas estalam e sibilam excitados. Os aplausos deles soam como se alguém tivesse derrubado uma caixa de grilos.

Serrote torce e enfia a sonda como se estivesse tentando encontrar uma saída para conectá-la.

— Pronto! — ele fala.

E então algo realmente maluco acontece...

Imagens holográficas, a informação e o conhecimento e todo o horror dentro da mente de Ghazt são repentinamente projetadas no ar.

Meu queixo cai. Eu não posso acreditar no que estou vendo.

A memória extraída é... uau!

— Preciso dos esquemas! — Serrote rosna. Ele torce a sonda e a imagem desaparece. — Não essas memórias residuais sem sentido com uma mulher humana!

Ele empurra a sonda mais fundo. As imagens passam rapidamente: um borrão de símbolos, runas e personagens bizarros.

— É quase como Kimmy e Skaelka — Quint fala. — Mas eram memórias. Estes são *pensamentos*. Conhecimento. Informação.

Conforme Serrote continua investigando, as imagens se tornam mais claras, tomando forma.

Ele está *perto*.

— June, me dê a mochila — digo. — Vou subir lá e colocar o Destruidor de Fortalezas. Não podemos esperar pelo Pelotão Valentão.

— O quê? De jeito nenhum, esse é o meu trabalho — June responde, segurando as alças.

Mas antes que eu possa argumentar...

SMOOOOOOSH!

A parede da sala de operações atrás de nós começa a balançar e se mover...

Ela lentamente se abre em espiral e, por um breve momento, vemos o mundo lá fora. E então vemos outra coisa. Algo grande, algo vivo, algo se aproximando da fortaleza.

É tipo um...

-Peixe-Balão!-

Os olhos vidrados do Peixe-Balão piscam lentamente, a luz fluindo através deles enquanto desliza para dentro da fortaleza.

Eu escorrego pela parede e caio sentado no chão. Os olhos de June são círculos perfeitos.

— O quê...

— É... — Quint continua.

— Aquilo? — Dirk termina.

— Não é um dirigível, com certeza — falo.

Serrote olha para cima... parece estar tão surpreso com a aparição repentina dessa coisa quanto nós. Eu o observo deslizar para trás, seu corpo piscando e tremendo, provavelmente em estado de choque.

Observamos o Peixe-Balão vagar pela câmara, descendo lentamente até o chão da Sala de Operação. É um pouso suave, gentil e surpreendente, considerando o que vem a seguir.

A boca larga do Peixe-Balão se abre, a mandíbula tocando o chão com um baque suave. Uma língua se desenrola, saindo da boca como o mais estranho chiclete do mundo. Ela atinge o chão com um golpe macio e úmido. E então, ele sai.

O vilão menos leve e gentil de qualquer lugar.

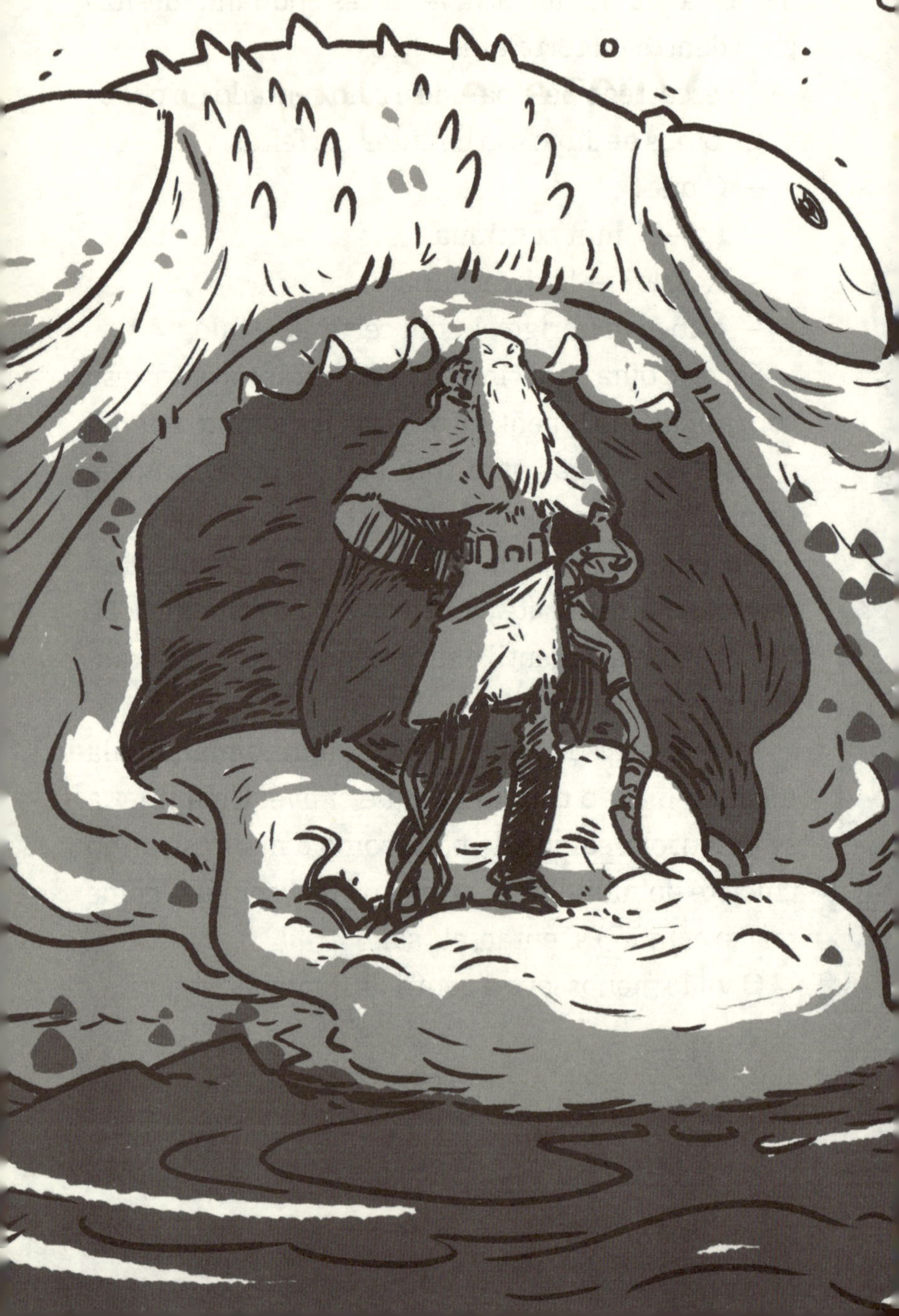

Capítulo Vinte e Quatro

— Aah, você convidou Thrull? — Debra grita. — Que legal!

— NÃO! EU NÃO! — Serrote responde. — Foi você?

— Não.

— Olho de Lâmpada?

— Eu não.

— Vocês dois vão para o poço das carcaças mais tarde — Serrote rosna, então se cala enquanto Thrull desce a rampa de língua do navio.

Os Enfermeiros Terríveis rapidamente tentam parecer ocupados. Debra joga gosma na mesa. Olho de Lâmpada lustra seu bulbo ocular.

A voz de Thrull ressoa.

— Espero não estar interrompendo você, Serrote. Mas eu cansei de esperar.

Serrote tenta parecer calmo, mas os padrões ao longo de seus bráculos dizem a verdade: bolinhas minúsculas e indefesas, como arrepios. Ele afunda em uma pequena reverência triste.

— Você nunca poderia me interromper, Thrull. Afinal, sou seu humilde servo.

A presença de Thrull envia um chiado nervoso entre os guardas. E um arrepio nervoso em mim.

A última vez que vi Thrull, ele espetou Ghazt como uma salsicha de coquetel e então desapareceu como um ladrão na noite.

Serrote recupera a compostura.

— Seu timing não poderia ser mais perfeito. Os Esquemas da Torre foram quase encontrados.

— Então continue com isso — Thrull ordena.

— Claro, meu senhor — Serrote concorda.

Ele retorna ao seu trabalho, torcendo furiosamente a sonda para frente e para trás. Assobios eletrônicos ecoam pelo teatro. E então...

Algo como uma seção transversal holográfica de um pesadelo é projetado.

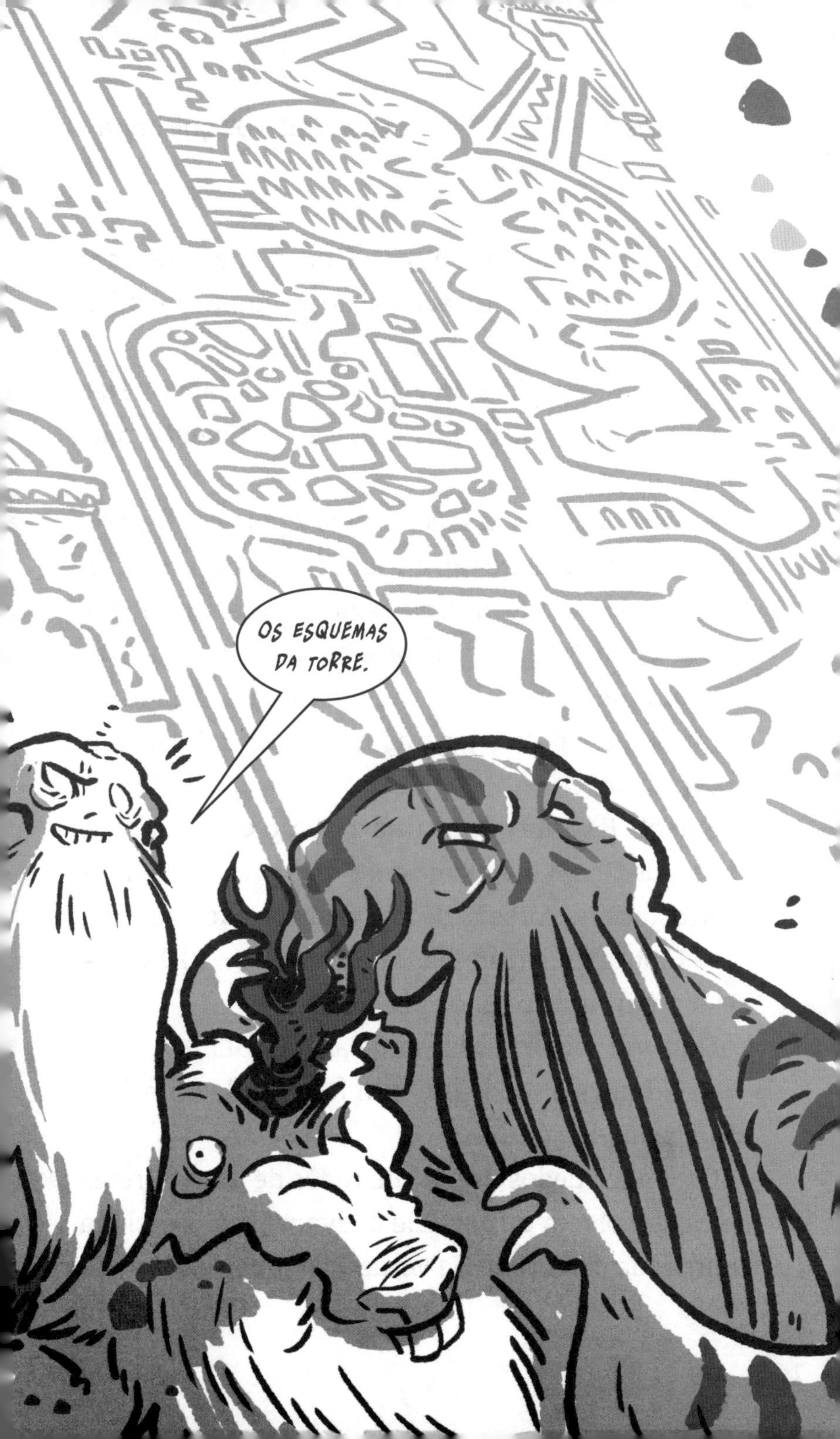
OS ESQUEMAS DA TORRE.

— Aí está! — Thrull grita com uma voz que beira a alegria real. — Finalmente...

Eu olho para meus amigos. Olhares nervosos são trocados entre nós. Rover e Babão estão carrancudos.

— O que fazemos? — Dirk sussurra.

Eu não respondo. Não balanço minha cabeça. Não me movo uma polegada. Porque eu realmente, realmente não sei.

— O tubo de aspiração, Debra. Agora! — Serrote grita. — É hora de extrair e transferir as informações.

Debra entrega ao Serrote o que parece ser um macarrão de piscina feito de pele de minhoca. Eu espio um botão de alternância em uma extremidade. Serrote arranca a sonda e a joga na plataforma. Os esquemas piscam.

Serrote levanta o tubo de aspiração bem acima do crânio de Ghazt. Ele parece que está prestes a enfiar uma estaca no coração de um vampiro adormecido.

— Colocar a extremidade do extrator... AGORA! — ele diz, enfiando o tubo em Ghazt.

Uma vez seguro, ele se vira para Thrull.

— A honra é toda sua, meu líder — Serrote fala, oferecendo-lhe o tubo.

Os longos dedos de Thrull, todos de osso e trepadeira, envolvem o tubo. Ele o levanta e o pressiona contra sua cara. Não. Na verdade, *enfia* na cara dele.

Assistimos horrorizados à cabeça de Thrull se partindo, *se abrindo* em uma costura vertical no centro. Sua testa se abre, suas maçãs do rosto estalam, seus olhos estremecem de lado.

> Sem... palavras...

Thrull força o tubo em seu rosto largo e horrivelmente aberto, como se estivesse inserindo um bico de bomba de gasolina no tanque de um carro.

— ENTREGUE OS ESQUEMAS PARA MIM! — Thrull ruge.

Olho de Lâmpada estende a mão para o botão, mas Serrote dá um tapa na mão dele. Então aperta o botão, e a cabeça de Ghazt balança.

O tubo ganha vida... e percebo que é como uma mangueira de vácuo. Ele puxa e puxa até que, com um barulho repugnante...

POP!

A peça crucial do conhecimento do cérebro, o Esquema da Torre, é sugada do cérebro de Ghazt. O tubo incha à medida que a informação é transportada em direção a Thrull e, finalmente, para Thrull.

SIM! ESTOU VENDO... AGORA EU ENTENDO...

AGORA NADA ME IMPEDIRÁ DE COMPLETAR A TORRE!

A onda de informações é tão poderosa que levanta o corpo de Thrull do chão enquanto ele grita.

A cada neurobyte de informação, o corpo de Thrull sofre espasmos. Parece que esse processo pode despedaçá-lo, rasgá-lo. Mas não temos essa sorte...

Há um último e longo tremor, então Thrull cai de volta apoiado em seus pés.

Com um movimento rápido, Thrull remove o tubo de sua cabeça. O tubo fica pendurado em sua mão por um momento, depois cai no chão.

O rosto de Thrull se transforma.

— Tudo está claro para mim. Em breve, a Torre estará concluída. Logo vem a ativação. E logo Ṛeżżőcħ será conduzido a esta dimensão.

Thrull mostra sua língua, e ela serpenteia para cima, lambendo uma única gota que pinga entre seus olhos. Ele sorri satisfeito.

— Serrote — Thrull diz, finalmente —, você executou seu trabalho de forma... adequada. Ṛeżżőcħ saberá seu nome quando chegar.

Serrote consegue manter a compostura, apesar do não exatamente elogio, e acena a cabeça com apreço. Os Enfermeiros Terríveis trocam olhares deslumbrados.

Sem dizer mais nada, Thrull se vira, com sua capa estalando no ar. Ele caminha de volta para o Peixe-Balão. A língua do peixe se enrola atrás dele enquanto ele marcha para dentro, então a boca se fecha.

O Peixe-Balão ergue-se silenciosamente no ar.
— ADEQUADAMENTE? ADEQUADAMENTE?

A pele de Serrote pulsa, primeiro com anéis vermelhos, depois azul meia-noite. Bisturis e paquímetros batem no chão enquanto seus bráculos são lançados por todos os lados. Um grito assobia através dos cordões carnudos que conectam sua cabeça ao corpo.

— Gostaria de saber como ele teria melhorado minha técnica!

Mas a raiva do Serrote não importa, pelo menos não agora.

O Peixe-Balão desliza de volta pela janela, desaparecendo... e, com ele, todas as nossas esperanças de deter Thrull.

Um soco cósmico atinge todos nós ao mesmo tempo. Dirk conforta o Babão ou talvez seja o contrário. Quint se agarra ao canhão de seu conjurador e tenta não hiperventilar.

E June olha para o Destruidor de Fortalezas, agora, inútil, em suas mãos.

Minha boca se agita. Eu quero dizer muitas coisas, tudo ao mesmo tempo.

Nós não falhamos apenas um pouco. Nós falhamos muito. Perdemos todas as bolas de gude de uma só vez, e é estúpido como nos sentíamos esperançosos.

Thrull tem os esquemas. A Torre será concluída e ativada. Ṛeżżṓcħ virá.

Não vamos salvar o dia. Somos apenas um bando de garotos que tiveram sorte algumas vezes...

— **TOLO.**

— Hã? — levanto a cabeça. — Quem disse isso?

— ***Jack, seu tolo!***

A voz parece vir de dentro da minha cabeça. Então um zumbido. Em seguida, um zumbido barulhento.

Minha mão está latejando e pulsando, e minha visão fica nublada.

Finalmente pisco e abro os olhos.

Devo ter desmaiado por alguns segundos porque, agora, coisas estão acontecendo. O coração da fortaleza está batendo tão rápido que o sangue bombeado pelas paredes cria um alarme estrondoso.

— Deve ser a distração do Pelotão Valentão! — Quint diz.

— Apenas um pouco tarde demais — June solta com raiva.

O caos começou. Centenas de guardas estão correndo pelo andar de operações e se afunilando pela saída.

Serrote está no meio de tudo, irritado.

— Qual é a causa? — ele ruge, estalando um bráculo em um Manchador trêmulo. — São os humanos?

— Não. Criaturas. À solta. Muitas delas.

— NÃO ESTOU APROVEITANDO ESTE DIA DA MANEIRA QUE ESPERAVA APROVEITAR ESTE DIA! — Serrote grita.

Fico um pouco satisfeito com o fato de ele não estar muito satisfeito.

— Debra, Olho de Lâmpada, me sigam — Serrote manda. Com isso, ele desliza para fora do teatro, deixando um grupo de guardas-esqueleto para trás. (Não literalmente. Tripulações de esqueletos literais são a guarda de Thrull.)

Silêncio novamente. E então, mais uma vez, de dentro da minha cabeça...

— Vocês não ouviram isso, não é? — pergunto, uma sensação de mal-estar subindo no meu estômago, porque já sei a resposta.

As sobrancelhas de June se erguem. Há pena naquele olhar, mas também, eu acho, medo. Tipo, *ah, não, este é o dia que destruiu o Jack. Ele apenas caiu como um castelo de cartas. Crianças, este é o seu cérebro na* **derrota**.

Minha Mão Cósmica pulsa. Eu a observo, grossa e estranha, viva como nunca antes. A coisa estranha e monstruosa que está recheada de *desconhecimento*, que me encheu de terror, pavor e confusão...

E então me ocorre, como aquela frase de tantos filmes de terror: "A ligação está vindo de dentro da casa!".

É a Mão Cósmica.

Um impulso dispara através de mim: *vá ver Ghazt*.

O que não faz sentido. Eu estive olhando para o cadáver dele o dia todo!

O pulso acelera, transformando-se em um zumbido. Assim como aconteceu quando escalei o penhasco. Tipo... que ela sabe de alguma coisa. Tipo...

— Ei, Jack — June diz, suavemente. — Lembra... quando estávamos prestes a pular no trem, você ia me dizer uma coisa? Era sobre sua mão, não era?

Eu levanto os olhos.

— Como você...

June dá de ombros. Um meio sorriso cruza seu rosto.

— Intuição?

Eu engulo em seco. E então eu começo a explicar...

Conto a eles como, em princípio, pensei que havia controlado os zumbis com minha mente. Mas não. Era a Mão Cósmica. E como, desde então, a Mão Cósmica vem mudando.

Por fim, tiro a jaqueta, arregaço a manga da camisa e mostro a eles...

— É isso — digo, encerrando as coisas. — Isso é tudo o que há para saber sobre minha mão que muda rapidamente e nada assustadora!

UAU!

Irado!

Fascinante...

Mas, claro, é totalmente assustador.

E, claro, novamente, isso não é tudo o que há para saber...

Eu engulo em seco.

— Na verdade, há uma outra coisa. — Minha cabeça parece pesar cerca de duas toneladas quando a levanto. — June, seu rosto...

— Você disse que gosta dela? — Dirk pergunta.

— Ele disse! Eu ouvi! — Quint diz.

— Ele sem dúvida disse isso! — Dirk fala. — Quint também ouviu! Jack disse isso! Uau, ele disse isso!

Eu olho para June. Parte de mim quer ir até ela, abraçá-la. Outra parte de mim quer se virar e correr para que eu nunca mais possa machucá-la.

NÃO. O rosto, eu que machuquei o rosto dela!

Ah.

É bem diferente.

— June estava encurralada. E eu... eu fiquei muito assustado. Estendi a mão, só querendo fazer alguma coisa, e... a Mão Cósmica fez mais do que alguma coisa. Transformou-se em uma lança. E então...

June estende a mão para tocar sua bochecha. Exatamente onde eu a cortei. Todo mundo está quieto. Então Dirk quebra o silêncio...

Rover se levanta, colocando seu corpo entre mim e Dirk.

> Matem ele! Queimem ele! Ninguém está seguro enquanto estiver vivo!

— Opa, desculpe, Rover... — Dirk fala, esfregando a nuca. Ele olha para mim. — Só estou brincando, Jack. O que quer que você esteja passando, estamos com você.

Quint simplesmente dá de ombros.

— Você é meu melhor amigo, Jack. Um braço estranho não muda isso! Nada poderia mudar isso.

Os olhos de June encontram os meus.

— June? Vai ficar tudo bem? — pergunto.

— Obviamente — ela afirma. — Obviamente vezes doze.

— JACK! SEU IMBECIL! CHEGA DESSAS BESTEIRAS EMOCIONAIS!

A voz novamente. Eu encaro a mão.

Antes, eu não sabia do que você era capaz... e isso tornava as coisas ruins. Então, quando vi June em perigo, senti um medo real e você reagiu. E você a machucou. Mas... não teríamos entrado nesta fortaleza sem você. Então, agora...

— Eu vou confiar nessa coisa — digo. — Para o bem e para o mal. Até que a morte nos separe. Eu vou me apoiar nela...

Com isso, a mão *estremece*, e eu não estou mais no controle.

Capítulo Vinte e Cinco

— Algo está acontecendo! — falo, enquanto a mão literalmente me arrasta para longe. — Tenho que seguir a mão.

— Para onde? — June grita.

— Para Ghazt, eu acho!

— QUÊ? — June grita. — POR QUÊ?

— EU NÃO SEI! — Rover corre ao meu lado, e eu olho para trás, chamando a atenção de Quint.

— Estaremos lá quando você precisar de nós — Quint diz.

Dirk assente.

— Todos nós seremos os Fortões.

Com isso, sou puxado para a esquina e jogado para cima do Rover quando seu focinho pega minhas pernas. Eu me sinto em casa nas costas dele.

— Senti sua falta, amigo — afirmo.

Rover rosna baixinho enquanto desce uma rampa íngreme e escorregadia em direção ao andar da sala de operação e aos guardas restantes. Espero que, do mesmo jeito que está dizendo para minha mão ir olhar Ghazt, não diga aos guardas para se virar e me dar um soco no nariz.

Chegamos ao chão. Conto uma dúzia de guardas, todos de costas para nós. Eles parecem ainda mais vis do que os da prisão. Capacetes irregulares são fundidos em suas cabeças finas semelhantes a louva-a-deus.

E lá está Ghazt, no centro da sala. Deitado sem vida na plataforma.

A Mão Cósmica pulsa, enviando um arrepio ardente pelo meu braço até o meu crânio.

A queimação se transforma em calor, quando me lembro do que disse que faria quando Rover e eu estivéssemos juntos novamente: brincar de pegar.

Respiro fundo e saio para a luz.

Esperando que os guardas se voltassem imediatamente, em uma grande e dramática saudação vilanesca, fico surpreso quando...

Nenhum deles nos nota. Um está coçando o globo ocular. Outro chupa uma perna de sapo como se fosse um picolé. Alguns outros olham para os próprios pés.

Eu fico lá parado por um estranho momento, então limpo minha garganta.

— Aham — eu digo, tossindo na minha mão.

Isso os pega. Os guardas se voltam para nós.

Não sei por quê, mas dou a eles um pequeno aceno. Uma sensação estranha toma conta de mim de repente, como se eu estivesse de volta a uma das dezenas de escolas que frequentei antes do apocalipse, em uma rotação constante de alunos do primeiro dia, professores e turmas cheias de estranhos...

> Oi, pessoal. Hã, sei que vai parecer estranho, mas...

> Tenho, tipo, uma Mão Cósmica. E acho que ela está me dizendo pra checar o Ghazt. Se importam se eu...?

Armas saltam dos braços, ombros, cabeças, rótulas, cotovelos e..., sim, é apenas um monte de armas surgindo.

— Parece que eles se importam — digo a Rover.

Os guardas se espalham, formando uma barricada ao redor do corpo de Ghazt e da mesa de operação...

Esfrego minhas mãos no pelo de Rover, que levanta a cabeça.

— Ei, amigo. Esses guardas parecem muito legais, hein? Com suas cabeças de elmo brilhantes?

Com um grunhido, Rover se estica, arqueando a coluna. A princípio, acho que ele está implorando por um arranhão na barriga. Mas não. Ele está se enrolando, uma mola, pronto para partir.

Sua cabeça vira, a língua pendurada para fora, esperando.

Então...

Eu esperei tanto tempo para dizer isso de novo...

— ROVER... PEGA, MENINO!

Rover avança para o teatro como se tivesse sido disparado de um canhão! Ele salta em direção a um guarda, depois outro, e outro...

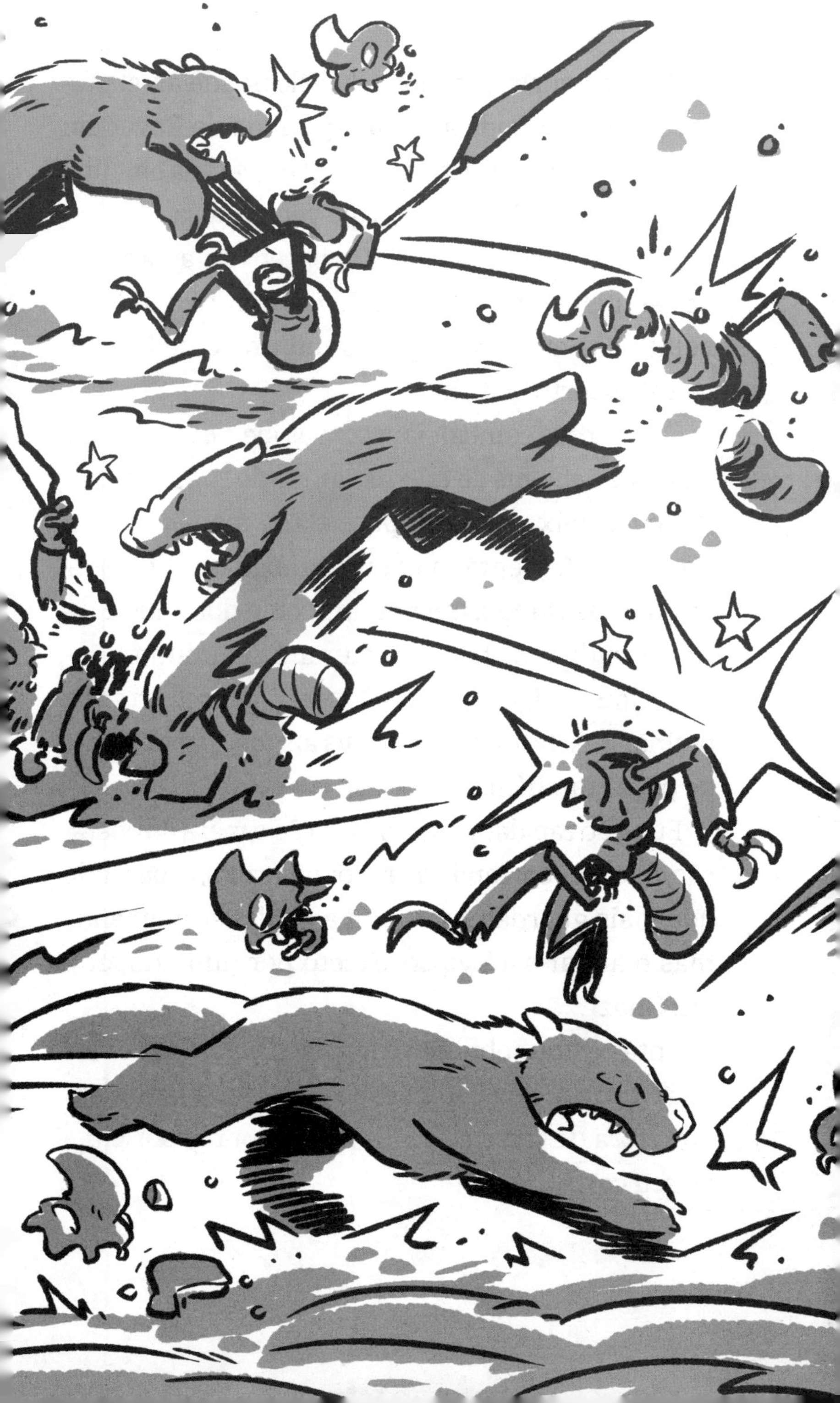

São dezenove segundos de velocidade arrebatadora. Como se toda a raiva reprimida de Rover em relação ao Serrote estivesse sendo liberada em uma magnífica exibição de energia vertiginosa.

E então, depois que cada capacete foi arrancado de seu respectivo guarda, Rover vem trotando de volta para mim, carregando um único pedaço de metal coberto de baba.

Os guardas cambaleiam com os joelhos trêmulos, pequenas chuvas de faíscas saindo de suas cabeças.

Rover deixa cair o capacete aos meus pés com um *CLANK*. E então vem uma dúzia de *THUNKS*: os guardas caindo, um por um, como dominós. Eles ficam caídos no chão, murmurando baixinho.

— Uau — digo, coçando Rover com força atrás da orelha. — Acho que você estava ansioso para brincar de pegar também...

Eu ando rapidamente em direção à mesa de operação, os olhos correndo ao redor do teatro, esperando que mais guardas apareçam a qualquer momento, mas o andar está vazio, exceto por mim, Rover e ele: Ghazt.

Então estou sobre seu corpo sem vida. Seus olhos estão opacos e o tubo de aspiração ainda se projeta para fora de sua cabeça, uma das pontas por cima de seu corpo.

Nenhuma resposta.

Se isso deveria ser algum tipo de *grand finale*, um confronto "mano a rato", não parece que vai fazer jus ao *hype*.

Não é nada como nosso primeiro confronto. A raiva e a fúria naqueles olhos redondos depois que eu cortei um de seus bigodes foram...

Então, e agora?

Por que vim até aqui?

Estúpida e misteriosa Mão Cósmica, por que você não pode simplesmente deixar claro o que devo fazer?

Mas a mão está parada. Não pulsa, lateja ou se transforma em uma mão gigante de espuma nem *nada*.

Até que ela faz algo, não se transformar em uma mão gigante de espuma, mas ela se contrai.

E então... espera. O que foi isso? Um dos bigodes de Ghazt se contrai no mesmo momento. O exato que cortei quando lutamos pela primeira vez. Está crescido de novo. O que me faz perceber quanto tempo se passou desde então.

Eu engulo em seco...

— Ghazt? — digo, suavemente. — Você estava falando comigo? Pela mão?

Nada acontece. Mas então...

Sua cabeça pende para o lado e um resmungo baixo vem das profundezas de sua garganta.

Capítulo Vinte e Seis

Eu pulo para trás. Bem para trás. Talvez eu tenha acabado de criar um evento olímpico: o salto em distância para trás.

Eu falo, gaguejando:

— Você disse isso, certo? Isso saiu da sua boca? Não foi entregue pela mão ou, tipo, de dentro do meu próprio cérebro? Quero dizer, eu vi sua boca se mexer, mas quero esclarecer, porque...

— Sim... — Ghazt diz.

Um arrepio percorre Rover, que se aconchega em mim. Eu avanço lentamente.

— Então você está... vivo?

— Não por muito tempo.

— Ei... — começo a falar. — Isso soa como algo que eu deveria estar dizendo a você. Como uma piada legal de herói. Pouco antes de lutarmos ou algo assim.

— Não haverá mais enfrentamentos entre você e mim. — Sua voz é áspera, como se ele estivesse comendo pregos enferrujados e lavando-os com ácido borbulhante. O que na verdade não está fora do reino das possibilidades nesta fortaleza de pesadelo.

— Mas... você estava morto.

Os bigodes de Ghazt movem-se novamente.

— Não. Eu estava só... morrendo. É um processo lento para um Terror Cósmico.

A esperança paira sobre mim, e eu agarro a mesa.

> Você enganou o Serrote, né? Aquelas coisas que ele tirou do seu cérebro não eram realmente o segredo para terminar a Torre, né?

> Ghazt, seu velho malandro.

Dou um tapinha nas minhas próprias costas... não perdemos nada! Ainda podemos vencer, ainda vamos vencer, ainda...

— Os Esquemas da Torre eram reais, Jack — Ghazt fala. — A Torre era minha arma! Mas, agora, é do Thrull. Ele tem tudo de que precisa para completar e ativar a Torre.

Ah, droga. Mas que anticlimático.

— Então o quê... Não entendo... o que estou fazendo aqui?

— Chegue mais perto — Ghazt pede, e parece um truque. De repente, parece que tudo isso foi um truque...

Dou um passo à frente, mas o chão treme sob meus pés. Atrás de Ghazt, uma parte do chão está se abrindo como um ovo. Algo está forçando seu caminho por ali.

Alguma criatura...

Eu suspiro.

Um dos Sentinelas, mas diferente.

Esse foi horrivelmente aumentado e brutalmente alterado por Serrote. É como...

-O MEGA SENTINELA-

Casco coberto de espinhos!

Três canhões em vez de um! Tiros extras!

Um braço... tirado de algo... grande!

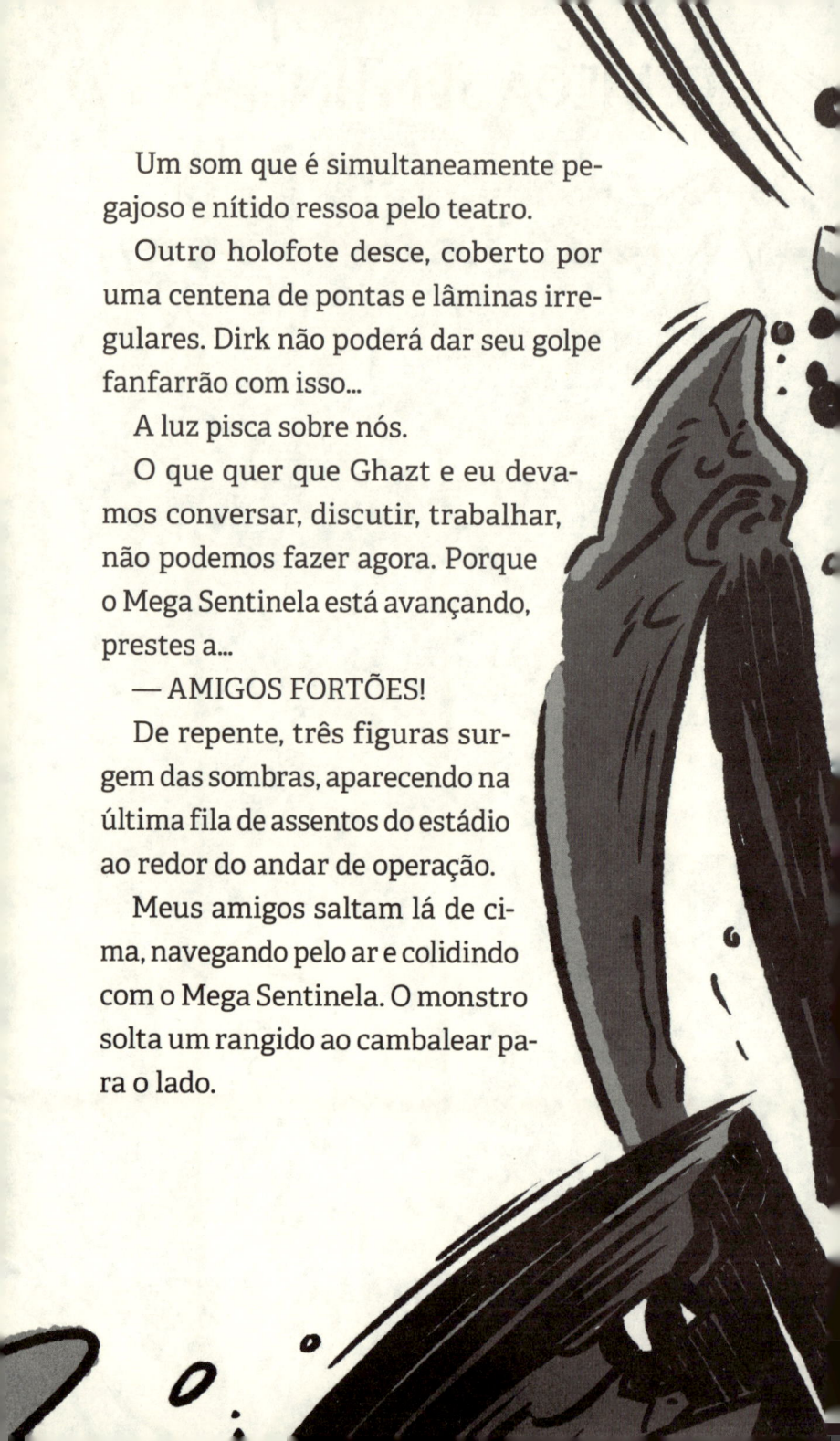

Um som que é simultaneamente pegajoso e nítido ressoa pelo teatro.

Outro holofote desce, coberto por uma centena de pontas e lâminas irregulares. Dirk não poderá dar seu golpe fanfarrão com isso...

A luz pisca sobre nós.

O que quer que Ghazt e eu devamos conversar, discutir, trabalhar, não podemos fazer agora. Porque o Mega Sentinela está avançando, prestes a...

— AMIGOS FORTÕES!

De repente, três figuras surgem das sombras, aparecendo na última fila de assentos do estádio ao redor do andar de operação.

Meus amigos saltam lá de cima, navegando pelo ar e colidindo com o Mega Sentinela. O monstro solta um rangido ao cambalear para o lado.

O que quer que vá fazer, Jack, faça logo.
Tipo ontem!
Nem começa com esse papo de viagem no tempo, June!
BLAM
BONK
AP

Rover rosna e se abaixa, ansioso para entrar na luta, mas eu o agarro pela nuca.

— Não, Rover. Fique ao meu lado... Por favor, amigo. Estou... assustado.

Atrás de nós, o Mega Sentinela grita alto. Eu ouço a espada de Dirk bater no chão.

— OK, meus amigos e eu temos que fugir daqui. É hora de correr — digo a Ghazt, tentando recuperar o fôlego. — Mas nós vamos levar você junto. De alguma forma...

— NÃO! — Ghazt ruge, batendo contra suas amarras. A fúria na voz de Ghazt faz com que eu e Rover nos afastemos. Um Terror Cósmico moribundo ainda é um Terror Cósmico.

Uma das patas sarnentas de Ghazt dispara para cima, me agarrando e me puxando para perto. Seus olhos estão nublados, mas eles piscam com urgência. Como se ele tivesse muito a me contar, mas não há tempo suficiente para contar tudo.

Sua pata aperta, enrolando em torno da gola do meu casaco.

— Jack, você acha que interromper a construção da Torre vai acabar com isso — Ghazt fala. Ele não chega a sorrir, mas há algo quase provocador em sua voz. Tipo "olha o quanto eu sei e o quanto você não sabe".

— Mas você está errado — Ghazt continua. — A Torre será concluída...

> Quê? Não! Temos que destruir a Torre! Não podemos deixar Thrull abrir o portal pra Rezzóch!

> O QUE COMEÇOU DEVE SER TERMINADO!

> POR CAUSA DO QUE VOCÊ ROUBOU DE MIM!

Eu afundo para trás, e não tenho certeza se é porque o chão está tremendo ou porque minha cabeça está girando. Mas o aperto de Ghazt é forte.

— Espera... Como assim? Seus poderes de controle de zumbis? — pergunto. — Você está dizendo que eu tenho que deixar Rezzóch vir aqui por causa do poder da Mão Cósmica? Além disso, tecnicamente, eu e meus amigos apenas cortamos sua cauda, foi Thrull quem roubou seus poderes, mas então eu os peguei dele. Era algo grande, mas...

— SILÊNCIO! — Ghazt ruge. — Se você e seus amigos não tivessem cortado minha cauda, a construção da Torre nunca teria começado.

— OK, bem, eu não sabia disso, então não é minha culpa — digo, rapidamente. — Também não saia por aí dizendo isso às pessoas, ok?

— As coisas vão acontecer muito rapidamente agora. O poder que está em sua lâmina e em sua mão é MUITO PODEROSO.

Ah, não brinca, penso. *Tenho percebido...*

— É poderoso, mas...

— CUIDADO COMIGO!

Ghazt é interrompido por Dirk que de repente está na barriga de Ghazt, e depois caindo no chão. Dirk está coberto de gosma de monstro, junto com sangue, hematomas e cortes.

— Termina isso logo, Jack! — Dirk ruge pra mim enquanto corre de volta para continuar lutando contra o terrível monstro.

O estômago de Ghazt incha enquanto ele respira.

— É poderoso... — ele diz novamente. — Mas você, você trata meu poder como se fosse um brinquedo. Você faz o quê? Controla três zumbis? Quando tem o meu poder... o poder de um GENERAL?

> VOCÊ TEM PODER SUFICIENTE PRA COMANDAR UM EXÉRCITO!

> COMO? O que devo fazer?

> Ficar parado, sacudindo o Fatiador para milhares de zumbis?

> Tentei controlar mais de três e não consegui.

Os lábios de Ghazt se curvam em desgosto. Não tenho certeza de quem está mais irritado com quem agora. Na verdade, ele está morrendo, então, sim, ele tem o direito de ser o mais irritado.

— Com esse poder, você pode fazer Thrull pagar!

— Eu não me importo em fazer Thrull pagar! — grito. — Preciso salvar minha dimensão! Meus amigos precisam encontrar suas famílias! Há pessoas lá fora que precisam ser salvas! Uma grande lista delas! Quem se importa se derrotarmos Thrull? Ṛeżżőcħ ainda está vindo, e se ele chegar aqui, meu mundo estará perdido!

June de repente desliza para baixo da mesa, então aparece antes de saltar de volta sobre ela, lançando-se da barriga de Ghazt.

— MAIS RÁPIDO, JACK! — ela grita.

Miniexplosões abalam o Bloco Operatório enquanto ela dispara uma explosão tripla de foguetes de garrafa no Mega Sentinela.

Ghazt respira fundo e trêmulo.

— Se outro de seus amigos idiotas pisar em mim...

— Então, acelera o papo, cara! — digo.

Seus olhos se encontram com os meus... penetrantes.

— Durante toda a batalha, há um momento... um momento em que tudo se equilibra no fio da navalha. Aquele momento em que um líder pode transformar a derrota em vitória ou transformar a vitória em fracasso...

Líder. Eu odeio essa palavra. Não é o que eu sou. Não é quem eu...

— Esse momento estará lá durante a Batalha da Torre — Ghazt continua. — Agora... pegue os restos da minha cauda.

Eu engulo em seco. E se eu pegar aquele rabo e trocarmos de corpos, tipo o filme *Sexta-feira Muito Louca!*

De repente, meus amigos são jogados em Ghazt.

A cabeça de Dirk bate na perna de Ghazt, Babão cai na cabeça, e depois eu caio de lá.

Uma luz brilha sobre nós... é o Mega Sentinela.

Dirk se senta, erguendo a espada acima da cabeça, com um poderoso suspiro...

Ele arremessa sua espada, que navega de ponta a ponta pelo ar, e então...

SQUANCH!

Ele acerta o Mega Sentinela. O monstro cambaleia para trás, e então ruge.

Meus amigos saltam da mesa.

— Estou apenas ouvindo pela metade aqui — Dirk fala, pegando do chão um dos capacetes encharcados de baba do guarda e chicoteando, ao estilo Capitão América, o Mega Sentinela. — Mas é melhor você não confiar em Ghazt para nos ajudar!

Rover joga a cabeça para cima, empurrando minha mão para o lado, como se ele também estivesse me dizendo: "Não confie em Ghazt!"

Eu olho para Ghazt, então pego um punhado de seu pelo fino.

— Você se importa com o que acontece com a minha dimensão? — Exijo saber.

Pela primeira vez, Ghazt fica quase ereto, até que seu rosto esteja quase pressionado contra o meu.

— Você ouviu as palavras do Serrote: um *deus* em sua mesa. No entanto, ele ainda me cortou em pedaços. Eu desprezo sua dimensão, Jack. Eu desprezo você. Mas odeio o Serrote. E Thrull... Não há palavra em sua língua forte o suficiente para descrever o quanto.

— Nem mesmo uma de quatro letras? — pergunto.

— Nem mesmo uma de quatro letras.

Outra citação de George Washington salta na minha cabeça. Ou talvez fosse de Ryan Seacrest. Sim, provavelmente Seacrest...

O inimigo do meu inimigo é meu amigo.

E com as palavras sábias de Ryan Seacrest em minha cabeça, estendo a Mão Cósmica e agarro a protuberância que era a cauda de Ghazt.

Capítulo Vinte e Sete

O corpo de Ghazt vibra, e eu tenho a mesma sensação na Mão Cósmica: estamos conectados. Duas peças de quebra-cabeça separadas pelo machado de Skaelka, reunidas em uma fortaleza monstruosa viva.

O mundo é estranho, cara.

—TESTEMUNHE!—Ghazt ruge.—TESTEMUNHE O PODER INDOMÁVEL DE UM TERROR CÓSMICO!

O corpo de Ghazt começa a tremer. Pequenas faíscas de eletricidade dançam em seu pelo. Eu me preparo para a maior e mais épica exibição de poder cósmico interdimensional da história quando...

Ghazt cai de volta na plataforma com um baque.

Energia? O que eu devo fazer, perguntar se alguém tem um par de pilhas AA sobrando?

Olho ao meu redor.

Dirk e Quint estão em ambos os lados do Mega Sentinela, tentando o seu melhor para dar à besta o que ela merece. Provavelmente usando um monte de ataques legais de quando trabalharam juntos durante a jornada heroica e se tornaram melhores amigos. Mas eu nem estou com ciúmes desta vez, mesmo que eles tenham se tornado melhores amigos daquele Drakkor dançarino de break.

Mas June não está com eles. Meus olhos vasculham o chão, e então me concentro em uma figura voando pela sala.

É June, se debatendo no ar como uma migalha que foi sacudida por um dedo monstruoso.

Ela quica na parede, com sua queda amortecida por sua mochila. E dentro daquela mochila...

— June! O Destruidor de Fortalezas!

Apesar de seu pouso forçado, as palavras "destruidor de fortalezas" rapidamente a fazem se levantar.

— Vamos usar? — ela pergunta. — Ooooh, SIM!

Ela não vai gostar do que eu tenho a dizer.

— Dê para Ghazt.

— Ooh, NÃO! — ela responde.

Ela me olha como se eu não fosse o Jack Sullivan que ela conhece. E talvez eu não seja mais. Mas algo em mim diz que isso é o que devemos fazer.

June examina a sala, a destruição, a batalha ainda em andamento e, então, relutantemente, ela tira a mochila do ombro.

Puxando o dispositivo, ela corre em minha direção... e na de Ghazt.

Em um piscar de olhos, June está ao meu lado, jogando o Destruidor de Fortalezas no peito de Ghazt, que sorri.

— Ah. Thrull. Perfeito.

— Está cheio de energia potencial — June adverte. — Detonar a bomba com todos nós ao redor não seria inteligente!

Ghazt ri.

— Ah, houve um tempo em que nada teria me encantado mais. Mas agora não. Serei o condutor da bomba... e juntos, Jack, você e eu enviaremos um sinal para o mundo. Você entenderá, Jack, depois que terminar. Você realmente apreciará o que é ser um general.

Estou na ponta da mesa, com a Mão Cósmica envolvendo a protuberância de Ghazt.

June está à sua esquerda. Ela não parece mais ansiosa. Rover está entre nós.

— TESTEMUNHEM... — Ghazt começa a falar.

— APENAS CONTINUE COM ISSO! SABEMOS QUE ESTAMOS TESTEMUNHANDO ALGUMA COISA ÉPICA DE DEUS DE OUTRA DIMENSÃO! — grito.

Ghazt olha fixamente.

— Então vamos em frente — ele diz.

June e eu nos olhamos. Seu dedo paira sobre o detonador afixado na Arma.

Eu concordo com a cabeça.

Aqui vamos nós...

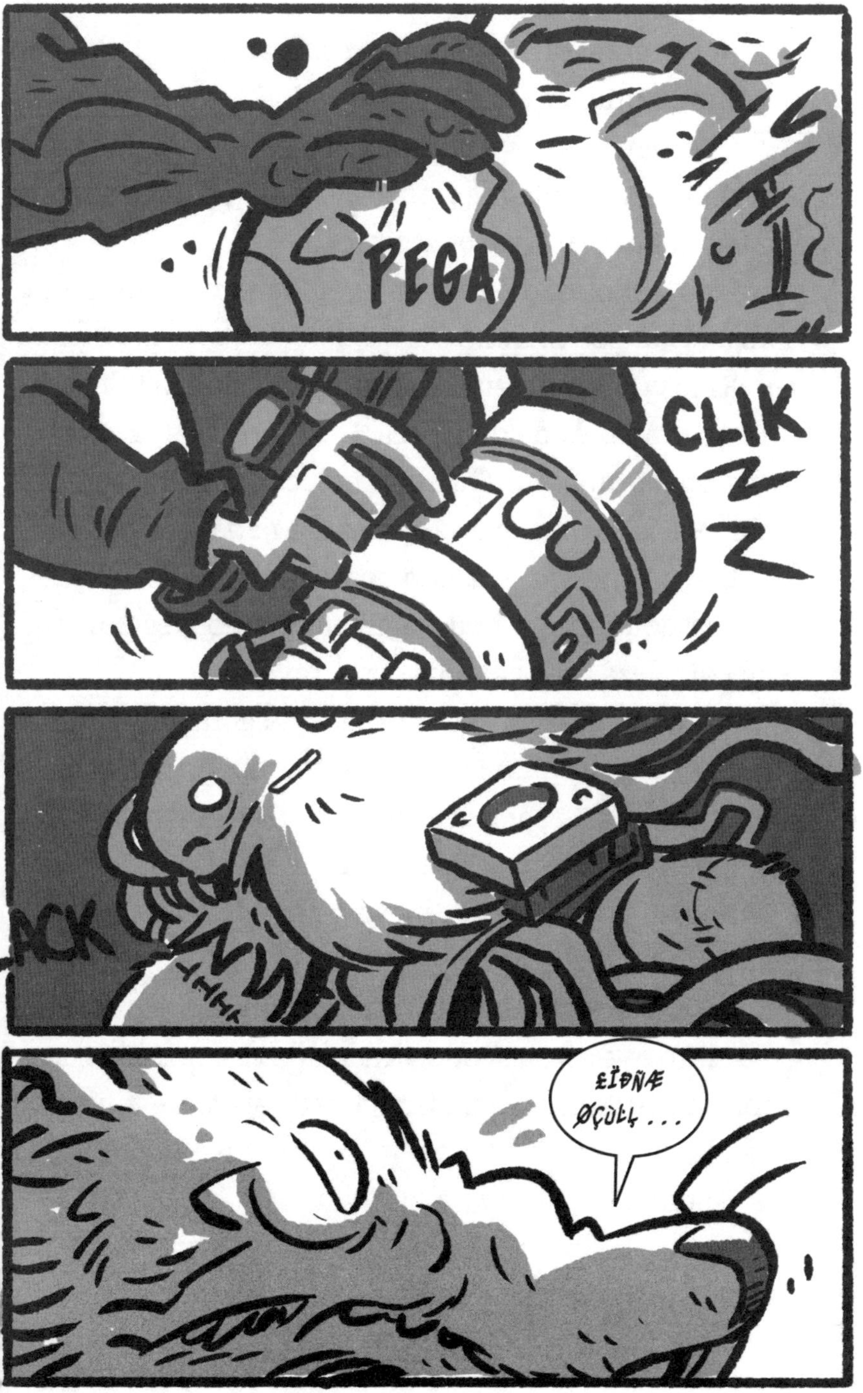
PEGA
CLIK
700
ACK
£ÏÐÑÆ ØÇÙĿĻ ...

Rover enterra a cabeça entre as patas.

June salta para trás.

Quero me juntar a ela, mas não posso... eu não poderia largar o rabo de Ghazt mesmo que quisesse. É como segurar um fio energizado.

Mas a explosão é pequena, rapidamente contida e absorvida por Ghazt.

Raios de luz fluem do Destruidor de Fortalezas, como uma bola de discoteca. Dois feixes de luz atravessam os olhos do Thrull de pelúcia... então, de cada parte dele, até que ele se desfaz em nada.

E essa mesma luz começa a fluir do corpo de Ghazt enquanto o poder e a energia do Destruidor de Fortalezas são canalizados através dele.

As costas de Ghazt se arqueiam violentamente, mas seus braços permanecem envoltos, apertados como uma píton, ao redor do Destruidor de Fortalezas. E o aperto da minha mão na protuberância da cauda de Ghazt é inquebrável, mesmo quando meus pés se levantam do chão.

Todo o poder do Terror Cósmico passa por mim. Eu sinto que estou sendo virado do avesso! É como se todo o meu ser, cada molécula, cada átomo, estivesse sendo separado.

E então...

PFWHOOOM!

O pilar de energia de outra dimensão que irrompe do corpo de Ghazt faz um círculo perfeito através do coração da fortaleza, e então continua subindo.

O queimar se transforma em grelhar. Minha mão está pegando fogo, meus ossos vão derreter! Ou, não, minha pele vai derreter, e então meus ossos vão simplesmente cair no chão porque não têm mais revestimento de pele para chamar de lar!

Eu me ouço gritando. E Ghazt gritando.

E então... acaba.

A escuridão cai ao nosso redor.

Meus dedos dos pés mal tocam o chão antes de desmoronar. Me apoiando na mesa de extração, cambaleio, mas não caio no chão.

— É isso então? — June pergunta. — Acabamos de detonar a fortaleza?

— Uma reação em cadeia começou... — Ghazt explica. — Ela agora começará a desmoronar sobre si mesma.

June começa a gritar de alegria, mas para quando me vê agarrado à mesa de extração.

— JACK! — June grita. — Você está bem?

— June, acho que você usou... glitter... demais...

Parece que alguém pegou uma colher e raspou minhas entranhas... outra carcaça para algum outro garoto se esconder no fim do mundo.

Sinto cheiro de cabelo queimado. Eu olho para baixo: o rabo de Ghazt desapareceu. E minha mão... meu braço...

É um horror medonho e terrível. Uma abominação.

Denso. Primitivo. A cada batida do meu coração, posso sentir o sangue correndo pelo meu corpo, no meu braço, na mão.

E a cada batida, o sangue está fluindo e me enchendo com algo monstruoso.

— Com meu comando final — Ghazt ruge —, o exército dos mortos-vivos agora marcha em direção à Torre!

— Mas minha mão... é monstruosa!

Ghazt solta uma risada.

— É, sim. *Agora* você é o general, Jack. Testemunhe!

— Diga 'testemunhe' mais uma vez, me ajude...

— CONTEMPLE! — Ghazt grita.

Eu murmuro:

— Assim é melhor, eu acho.

Todos nós olhamos para cima, porque o que mais você vai fazer quando alguém disser *contemple*. E *uau*. Nós realmente *contemplamos*.

Através do buraco no pico da fortaleza, onde os restos do coração dela pulsam lentamente, vemos...

A fortaleza estremece. O coração partido treme, ainda bombeando, apenas um pouco, mas não por muito tempo.

A Sala de Operação parece respirar fundo, subindo e descendo. As paredes sugam. A pressão muda. É como sugar todo o ar de uma caixa de suco.

Ghazt fecha os olhos. Há um meio-sorriso em seu rosto.

— Esse portal vai devorar a fortaleza. E levará meus restos mortais com ela. Lar.

Esta é a primeira vez que vejo um portal aberto desde o dia em que o apocalipse monstro-zumbi começou. É como uma tempestade virada do avesso. Eu meio que espero que comece a cuspir monstros como dentes de leite.

Mas o portal não cospe nada.

Em vez disso, começa a sugar tudo. Ele puxa e inala.

Sinto a fortaleza começando a se desfazer ao nosso redor.

Os olhos de Ghazt se abrem rapidamente.

— Você ainda está aqui?

— Hã. Sim?

— Seja menos idiota, Jack Sullivan! — Ghazt ofega. — Não fiz tudo isso *à toa*. CORRA!

— Sim, vamos! — June diz.

O chão se inclina. A fortaleza treme. O vento grita através da sala. Uma reação em cadeia está acontecendo, com certeza, mas não exatamente como Peaches prometeu.

— Ah, hã... uma última coisinha antes de eu ir — digo. — Como exatamente eu controlo todos os zumbis agora? Você tem, tipo, um manual de instruções ou...

Mas os olhos de Ghazt estão fechados... para nunca mais abrirem...

— PESSOAL — Dirk grita —, VAMOS!

Os guardas são arrancados do chão e puxados pelo buraco no pico do teatro.

O Mega Sentinela paira no ar, uma perna presa por algo que parece um intestino de fortaleza se desenrolando.

Eu me sinto sendo levantado dos meus pés.

A fortaleza se agita novamente. Parece alguém espremendo um elefante em um espremedor de alho.

O vento uivante e os pedaços estilhaçados de tudo se transformam em um grito ensurdecedor.

Quando penso que não pode ficar mais alto, fica.

Como um trovão, exceto que não desaparece. Na verdade, está aumentando...

É um som como... como pés e cascos batendo.

E então...

Capítulo Vinte e Oito

— A distração dupla ainda está acontecendo! Johnson Canhão grita enquanto o Pelotão Valentão, junto com toda a brigada de criaturas, avança pela sala!

E, em um piscar de olhos, eles estão nos levando em fuga para a saída.

POR QUE DEMORARAM TANTO?
DAVE NÃO ACHAVA AS CHAVES.
ESTAVAM NO MEU CHAVEIRO O TEMPO TODO.

— Acho que é hora de ir, Rover — digo, pulando em suas costas.

Tudo está tremendo, quebrando, tombando e, então, sendo puxado para o céu. Bancos do teatro são arrancados. O equipamento de operação pisca enquanto gira e navega em direção ao céu.

— Por ali! — Quint grita quando uma parede inteira é dividida em duas como se não fosse nada além de um diorama de papelão.

Mas o Mega Sentinela bloqueia o caminho...

Uma de suas longas pernas ainda está enredada, impedindo-o, por enquanto, de ser sugado para dentro do portal.

Seu corpo brilha em fúria, como se pequenas supernovas de raiva estivessem explodindo dentro dele. A luz pisca sobre nós, seus canhões balançando e sacudindo enquanto o Mega Sentinela luta para resistir à atração do portal.

O canhão triplo incha como se estivesse prestes a tossir alguma coisa, e suponho que seja lá o que for, será servido com um lado de morte latente.

Mas, ainda assim, nós aceleramos em direção a ele. Eu estremeço, prestes a fechar meus olhos.

— Qual o problema? — Canhão Johnson pergunta. — Vocês não conseguiram lidar com essa coisa? Bom...

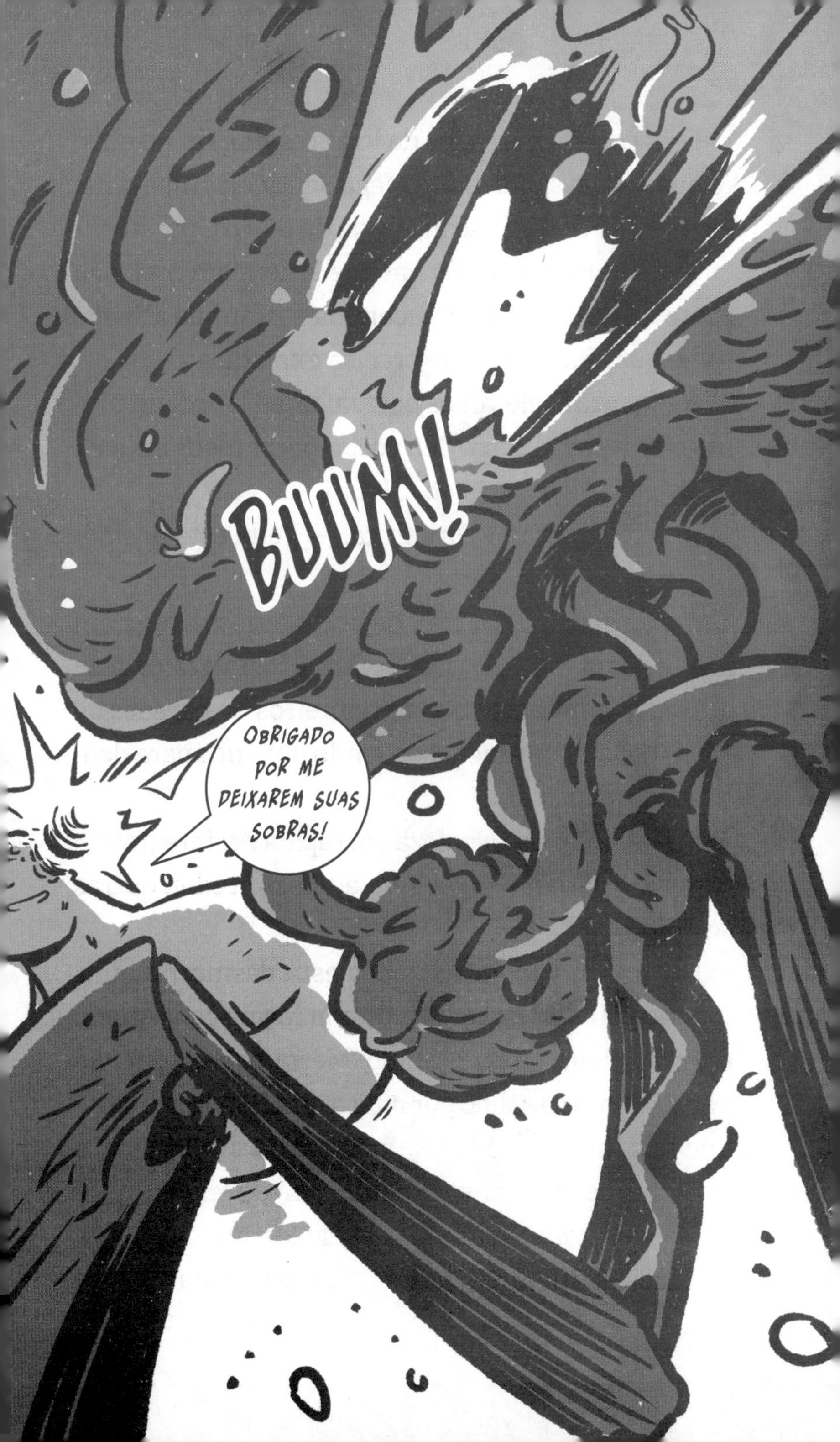
BUUM!
OBRIGADO POR ME DEIXAREM SUAS SOBRAS!

Pedaços encharcados de lodo respingam no chão enquanto passamos sob o Mega Sentinela fumegante em direção à saída escancarada do Bloco Operatório.

— Só para que vocês não me entendam mal, não gosto de sobras quando é comida — Canhão afirma. — Só quando é algo que precisa explodir.

Enquanto aceleramos pela saída, eu lanço um último olhar para Ghazt. Seu corpo permanece imóvel.

O que você fez comigo, Ghazt?

— ATENÇÃO! — Dirk grita. — Tudo está desmoronando pelas costuras!

A voz de Dirk me traz de volta à nossa fuga em alta velocidade. À nossa frente, a fortaleza está se abrindo, ampla, com pedaços inteiros de paredes de gesso de outras dimensões sendo puxados para dentro do portal.

Corremos pela fortaleza em rápida desintegração. Algumas paredes se fecham ao nosso redor, outras se abrem.

O caminho sob nossos pés está desmoronando, mas as patas de Rover de alguma forma conseguem encontrar um terreno sólido. Mesmo que esse chão não permaneça sólido por muito tempo. A única coisa que nos impede de ser puxados para cima é nosso movimento constante e rápido para a frente.

— Agora, sim, voltamos àquele estranho salão de estátuas — digo, enquanto irrompemos na câmara pela qual passamos durante nosso passeio de carrinho. A brigada de criaturas pula de estátua horrível em estátua horrível, atravessando aquela sala medonha.

Vejo a mesma estátua que notei antes, aquela que me lembrou de mim mesmo, com os terríveis braços em forma de trepadeira se estendendo para cima.

Com um *CRACK* ensurdecedor, os braços da estátua se soltam, disparando para cima e se chocando contra o teto carnudo. Então todo o teto explode, sugado pela força centrípeta do portal.

Eu olho para o outro lado.

Irrompemos em uma câmara nova e terrível, e a gravidade muda... de repente somos arremessados para o alto.

Estico o pescoço para baixo para poder olhar para cima e ver a torre da prisão que descemos. Ela se partiu em duas, deixando uma longa seção presa entre dois rochedos salientes e imóveis de fortaleza.

As criaturas batem nela, com os pés primeiro, e de repente estamos acelerando por ali, e de cabeça para baixo. O Diretorium pisca na frente do meu rosto enquanto ricocheteia na prisão. *Até logo, diretório do mal. Já conseguimos o que precisávamos de você* — eu penso...

O mapa muda a todo momento... e todas as saídas parecem estar a dezenas de metros acima do chão.

Droga. Se pelo menos tivéssemos a esfera de hamster!

Temos que achar um caminho AGORA!
RÁPIDO! ALGUÉM ESTÁ VENDO UM CARRINHO DE LAVANDERIA?

E bem naquele momento...

POOF!

URGH!

— AAHH, CARAMBA, EU ODEIO ESSA COISA! — Dirk grita quando a bola ricocheteia em seu rosto e desliza pela superfície da torre da prisão.

Ao chegarmos ao final da estrutura, somos afunilados em um túnel, com o lado direito para cima novamente.

Nós irrompemos para fora do túnel, acelerando por todos os cantos sujos e horríveis da fortaleza.

Eu suspiro de repente.

À frente, um enxame de Razorkaws luta para se manter no ar, garras cortando e rangendo.

Ah, droga — eu penso — *vou ter um globo ocular arrancado agora?* Queria especificamente que isso não acontecesse. Mas então...

— Ooh, sim — Canhão Johnson diz, empurrando sua criatura para a direita. — É hora de tiro ao alvo.

BUUM!

TCHAU, TCHAU, PASSARINHO.

Nos restos esvoaçantes de penas horríveis, algo se materializa: uma ideia! Mas June está um passo à minha frente...

— JACK! — ela grita. — O PÁSSARO! Lembra?

Girando, eu grito de volta:

— E os trilhos do trem! Eles estão a pelo menos trinta metros do chão no ponto onde se conectam com a fortaleza. Poderíamos pegá-los e sair daqui!

— Já cuidando disso! — Quint diz. Mas quando saímos do túnel, somos recebidos por um tanque do tamanho de um caminhão-tanque vindo em nossa direção. Um dos experimentos horríveis de Serrote sai dele, seu corpo flácido é imediatamente puxado para cima através do telhado.

Nossa caravana de fuga desvia e...

— Estúpido, feio, imprestável... — Canhão Johnson murmura enquanto sua criatura tomba, jogando-o para longe. Vejo Johnson voando para trás... até ser agarrado por Dave.

Canhão rosna.

— Dave, por que sempre sou resgatado pelo fedorento Dave?

E Quint também é jogado.

Rover avança para o lado, agarrando-o pelo manto. Estendo a mão, levantando Quint e colocando-o na minha frente. E o tempo todo, Quint mal tira os olhos do Maparatus.

Um momento depois, Quint exclama:

— De volta pelo necrotério do Serrote! É o único caminho!

Eca. Mas claro que é.

Rover conhece o caminho, e eu odeio que ele saiba. Ele vira para a direita, galopando por um caminho em desintegração que cruza um pântano borbulhante.

Rover mergulha através de um ponto no solo que está se abrindo em espiral e nós avançamos pela escuridão, a gravidade girando novamente, antes de irromper na poça preta como óleo do necrotério.

O lugar já está meio desintegrado, pedaços dele girando como partículas de poeira. A pilha de carne sobe para o céu. Cara, alguém do outro lado dessa dimensão terá uma grande e estranha surpresa...

É um borrão interminável de destroços até...

— A estação de trem — June grita. — Estou vendo!

Ela se misturou e se fundiu com a fortaleza.

Paredes irregulares se projetam do chão, pairando sobre a pista. Os trens estão espalhados, chacoalhando no lugar, prestes a serem puxados.

— E os trilhos ainda estão lá! — grito.

Eles ainda estão firmes, talvez porque estejam conectados ao nosso mundo lá fora.

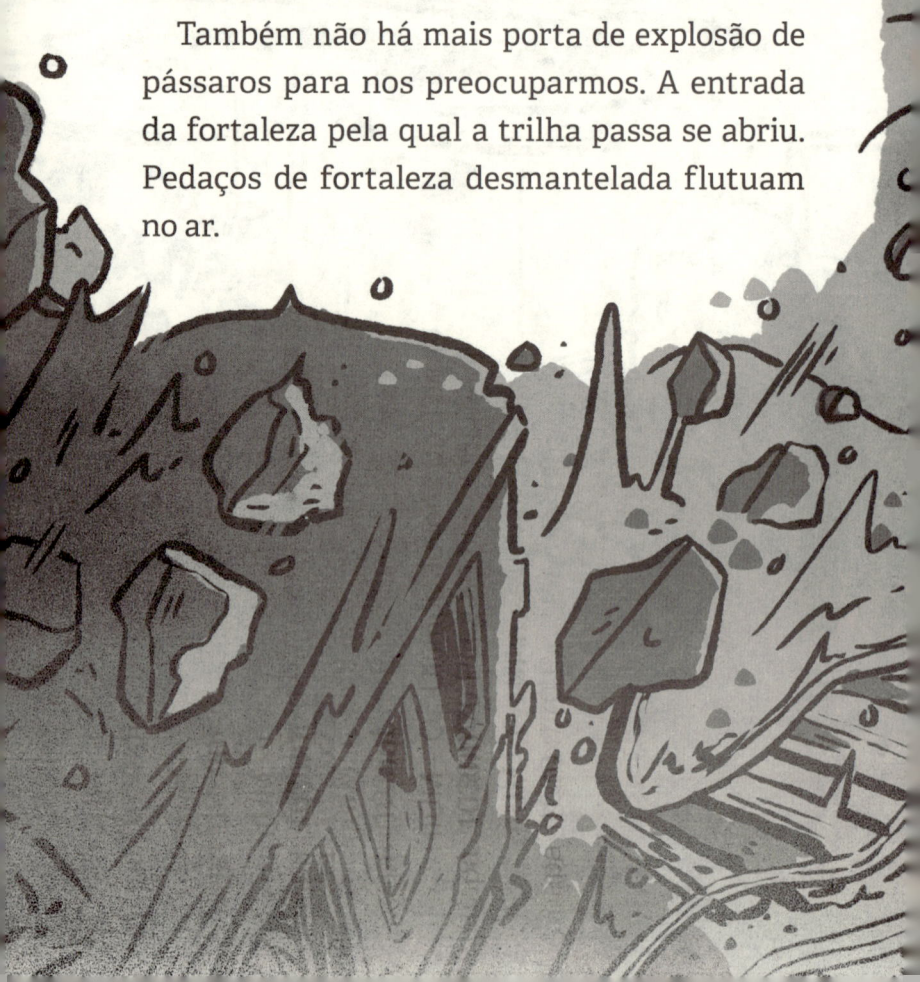

Também não há mais porta de explosão de pássaros para nos preocuparmos. A entrada da fortaleza pela qual a trilha passa se abriu. Pedaços de fortaleza desmantelada flutuam no ar.

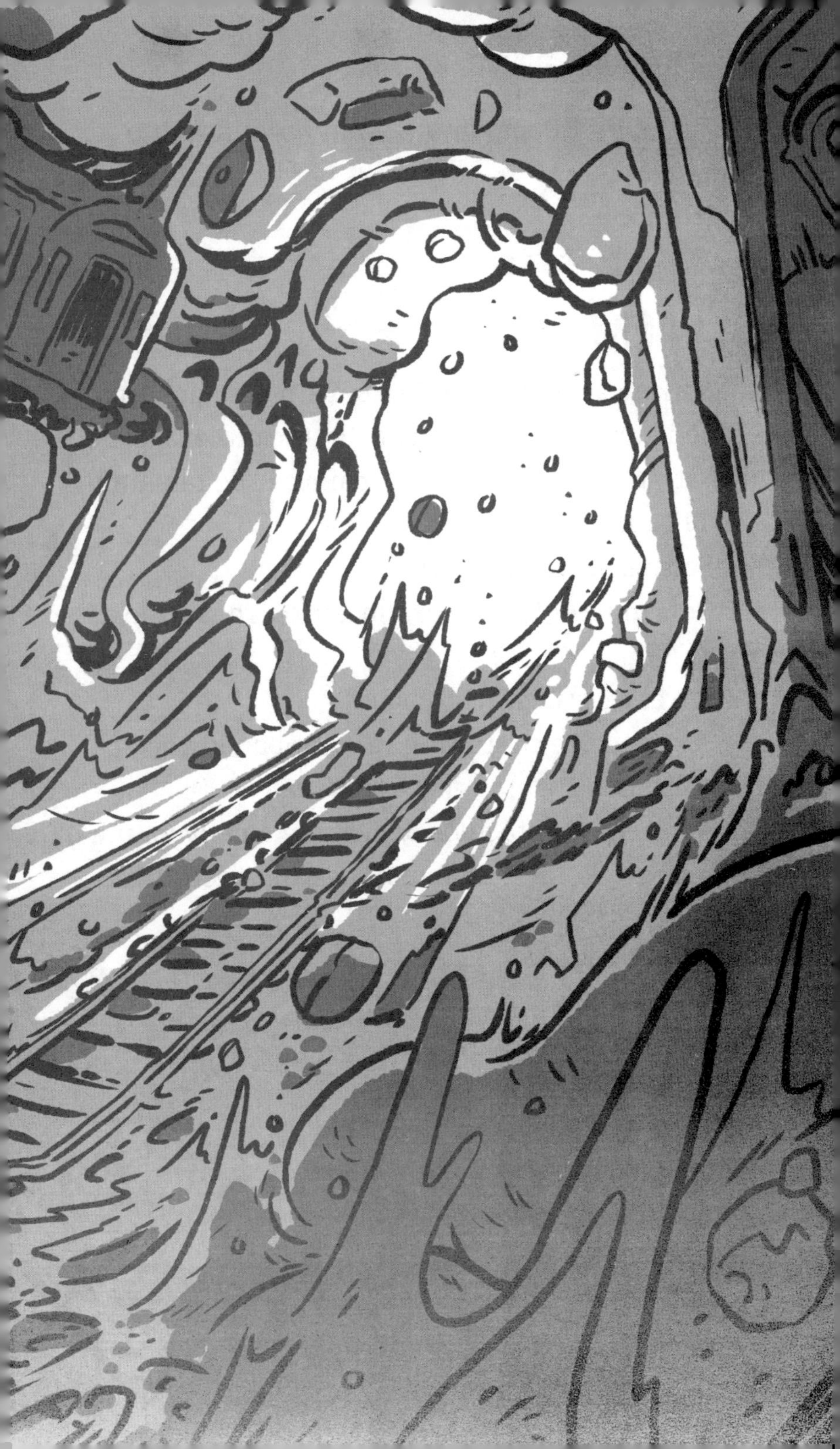

Estamos quase fora. Estamos quase livres. Estamos...

Ah, não.

Algo pisca no ar e...

WHACK!

Serrote aparece do nada, com um bráculo disparando e acertando meu peito. Parece que acabei de ser atingido por uma bola de paintball do tamanho de Milwaukee.

Sou derrubado do Rover.

Com um *RÁ!*, Serrote arremessa outro bráculo e...

YELP!

Rover é arrancado do chão.

A brigada de criaturas gira, derrapando, rolando e deslizando até uma grande parada.

As pernas-tentáculos de Serrote envolvem um penhasco da fortaleza, um que ainda está firme na terra.

DUN DUN DUN!
PARECE QUE VOU PRA CASA, MAS LEVAREI SEU ANIMAL COMIGO.
NÃO TIVE CHANCE DE ME DIVERTIR COM ELE. VER O QUE PODERIA CRIAR. VOU GARANTIR QUE ELE SOFRA.

Espada na mão, Dirk lança um olhar que passa por todos nós e pousa em mim. Todo mundo sabe que não vamos embora sem o Rover.

— E vocês três — Serrote diz com os olhos fixos no Pelotão Valentão. — Olhem para vocês! Parecem *tão incrivelmente radicais*! Eu fiz vocês ficarem assim! E como me retribuem? Sendo um aborrecimento confuso por tanto tempo.

De repente, há um estrondo terrível, o maior até agora. Parece que toda a fortaleza de repente mudou 19 graus para o lado. Mas Serrote, balançando em suas pernas com tentáculos, lida com a inclinação inesperada com facilidade.

— E os humanos... — Serrote continua, erguendo um bráculo coberto por lâminas. — Que me deixaram TÃO irritado naquele que seria o meu melhor dia!

— Jack é bom nisso — June comenta. — Em irritar.

É a maneira de ela de ganhar tempo.

Eu cerro minha Mão Cósmica monstruosamente alterada em um punho horrivelmente pesado. Não sei o que vai acontecer, e não consigo adivinhar o que vai acontecer.

Só sei que vou lançar um golpe no Serrote, e que vai bater forte.

— Coloque o Rover no chão — digo — E...

— E o quê? Ninguém se machuca? Essa é uma daquelas suas tristes expressões humanas?

— Ah, não — respondo. — Você ainda vai se machucar.

— Acho que as pessoas dizem que você é engraçado, Jack Sullivan. Infelizmente, elas mentiram.

— Última chance — digo.

— Não, essa é a sua última chance — Serrote afirma. Ele aponta um longo bráculo para minha mão monstruosa. — Eu ainda posso te ajudar...

— Não quero a sua ajuda.

— Você vai querer — Serrote fala, sorrindo. Então ele se mexe, deslizando para longe de mim. Rover balança no ar, suas patas arranhando o nada. Rachaduras atravessam as paredes, exalando sangue azul.

— Sabe o que eu acho? — Serrote pergunta enquanto lança seu bráculo brilhante cortando o ar para baixo...

CORTA!

ACHO QUE TODOS DEVERIAM VIR COMIGO.

O bráculo de Serrote corta os trilhos, dividindo-os em dois! Eu ouço o uivo e o rangido do metal quando o trilho cortado é dilacerado pela atração imparável do portal.

Pedaços de trilhos pairam no ar. Alguns batem no chão. Outros são aspirados.

— Não — June suspira.

Com um golpe brutal, Serrote acabou com a nossa rota de fuga.

— Vejo vocês... do outro lado — ele fala com um sorriso diabólico.

As pernas-tentáculos de Serrote saem do chão, e ele flutua para cima, ainda segurando Rover com força.

A cauda de Rover estala impotente.

Seus olhos, arregalados e desesperados, encontram os meus.

Antes que eu possa reagir, uma voz áspera rosna atrás de nós...

— Não pode ir embora ainda, Serrote — a voz diz. — Você tem negócios inacabados aqui.

De repente, um assobio agudo perfura o ar.

Não o assobio dos tendões fibrosos do pescoço do Serrote. Este é um som de vento: um machado cortando o ar. Um *THUNK* brutal ressoa quando a lâmina atinge o peito do vilão.

E então...

A força repentina do machado surpreende Serrote. Seus tentáculos se agitam, e Rover é solto. Rover paira no ar por um momento, a força do portal como um ímã, puxando-o para longe. Mas antes que ele suba mais, suas patas traseiras batem em Serrote, lançando-o para baixo.

Rover navega no ar em direção a mim.

Trombando comigo.

Jogo meus braços ao redor dele e o puxo para baixo. Então giro e vejo...

PROMETI A VOCÊ, JACK. PROMETI QUE PROTEGERIA O ROVER.

Que entrada irada e radical. Estou agradecido, mas... confuso? De onde ela veio? Não há mais saída para nós. Estamos a dezenas de metros de altura.

Mas então, pelo muro quebrado, eu vejo. E entendo...
O último grande tremor que sentimos não era da fortaleza se quebrando. Era...

Seu bote salva-vidas chegou! E, assim como todos os botes salva-vidas da história da humanidade, temos muito espaço para todos!

— Johnny Steve ao resgate! — June exclama, e todo o seu rosto se ilumina.

Peaches aponta um braço de espada na abertura da parede da fortaleza.

— Criaturas! Vão em frente! A hora de escapar é agora! — ela ordena.

Ela dá as ordens com um grito forte, mas vejo algo como triunfo em seu rosto.

Peaches, junto com Dave e Canhão Johnson, arriscaram a vida e os membros, *membros muito estranhos*, para resgatar essas criaturas e mantê-las seguras e escondidas.

E essas criaturas estão finalmente saindo deste lugar imundo. Em um piscar de olhos, elas estão passando por nós, correndo em direção à liberdade! Elas alcançam a parede aberta e saltam para a segurança do Maiorlusco, e do mundo além.

A missão do Pelotão Valentão está completa.

Mas *nossa* missão ainda está bem aberta.

Serrote foi tirado de combate por um segundo, mas está se recuperando rapidamente. Suas pernas-tentáculos se cravam no chão, puxando-o para baixo.

— Skaelka... — Serrote rosna. — Aquela que escapou. Parece que nós dois temos negócios inacabados aqui.

Skaelka puxa outro machado das costas e marcha em direção a Serrote.

— Então vamos terminar logo com isso.

Mesmo na agonia da morte, a fortaleza ajuda seu mestre.

O chão explode, formando arcos e curvas em torno de Skaelka. Armas irregulares de carne e osso a cercam. Mas Skaelka avança por elas, um monstro possuído, todo o seu medo anterior canalizado para uma fúria concentrada...

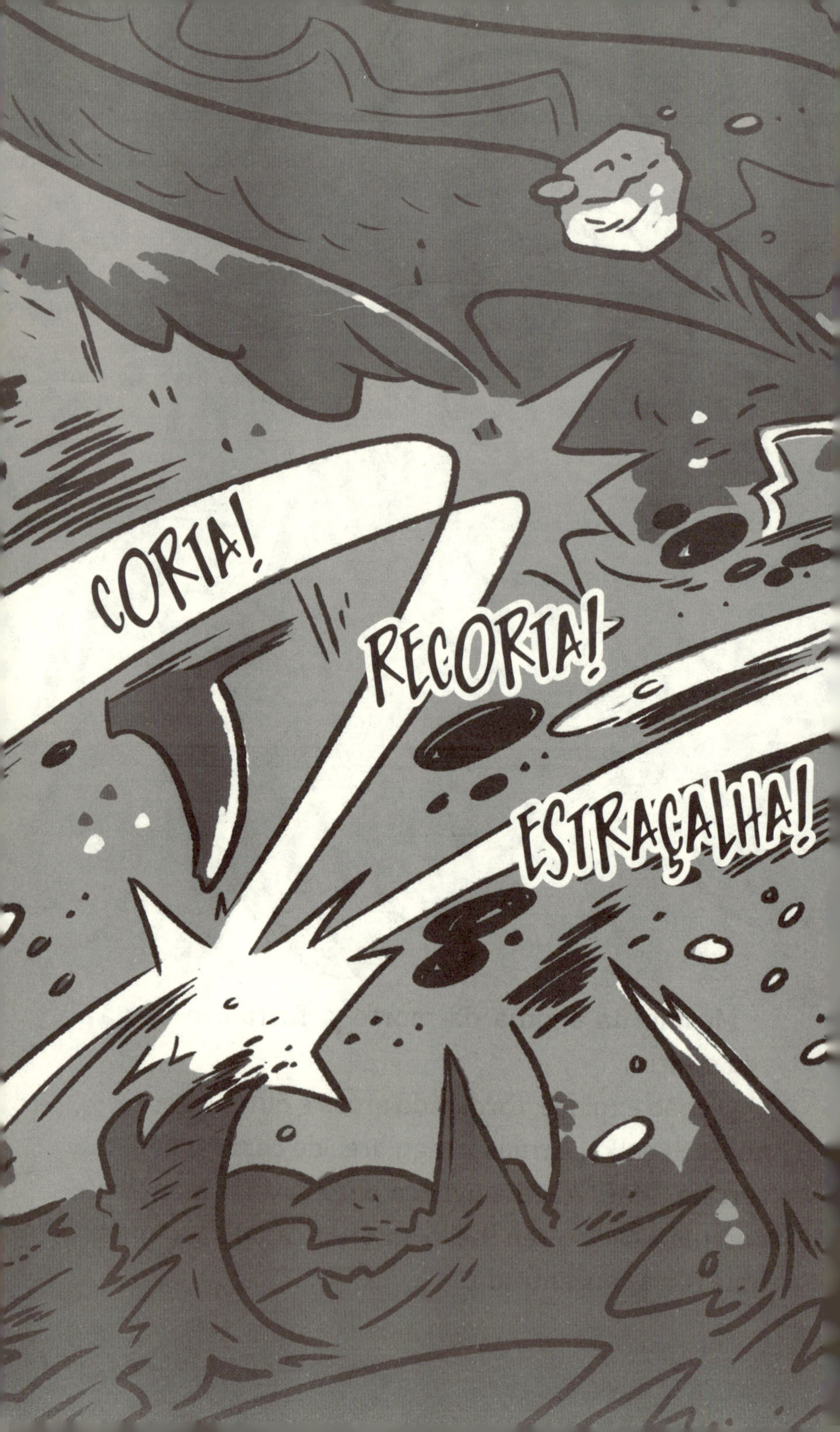
CORTA!
RECORTA!
ESTRAÇALHA!

SEU PRESENTE PARA MIM FOI DOR, SERROTE, E AGORA DEVOLVEREI ISSO!
SALTA!

Quando ela finalmente chega até o Serrote, ele está pronto, com seus muitos bráculos se debatendo e piscando em um borrão ofuscante. Ele é um terror de se ver.

De repente, Rover late.

Eu olho para baixo e percebo, *ah, não*, estamos flutuando para cima. Agarro Rover com mais força. Suas garras perfuram o chão, tentando nos manter firmes, mas não é o suficiente.

Estamos decolando quando ouço a voz de Quint explodir...

— ADERÊNCIA ESTÁTICA!

Sinto um súbito zumbido de energia ao meu redor, diferente de tudo que já senti antes. Olho para baixo e...

— *Uau!* — exclamo.

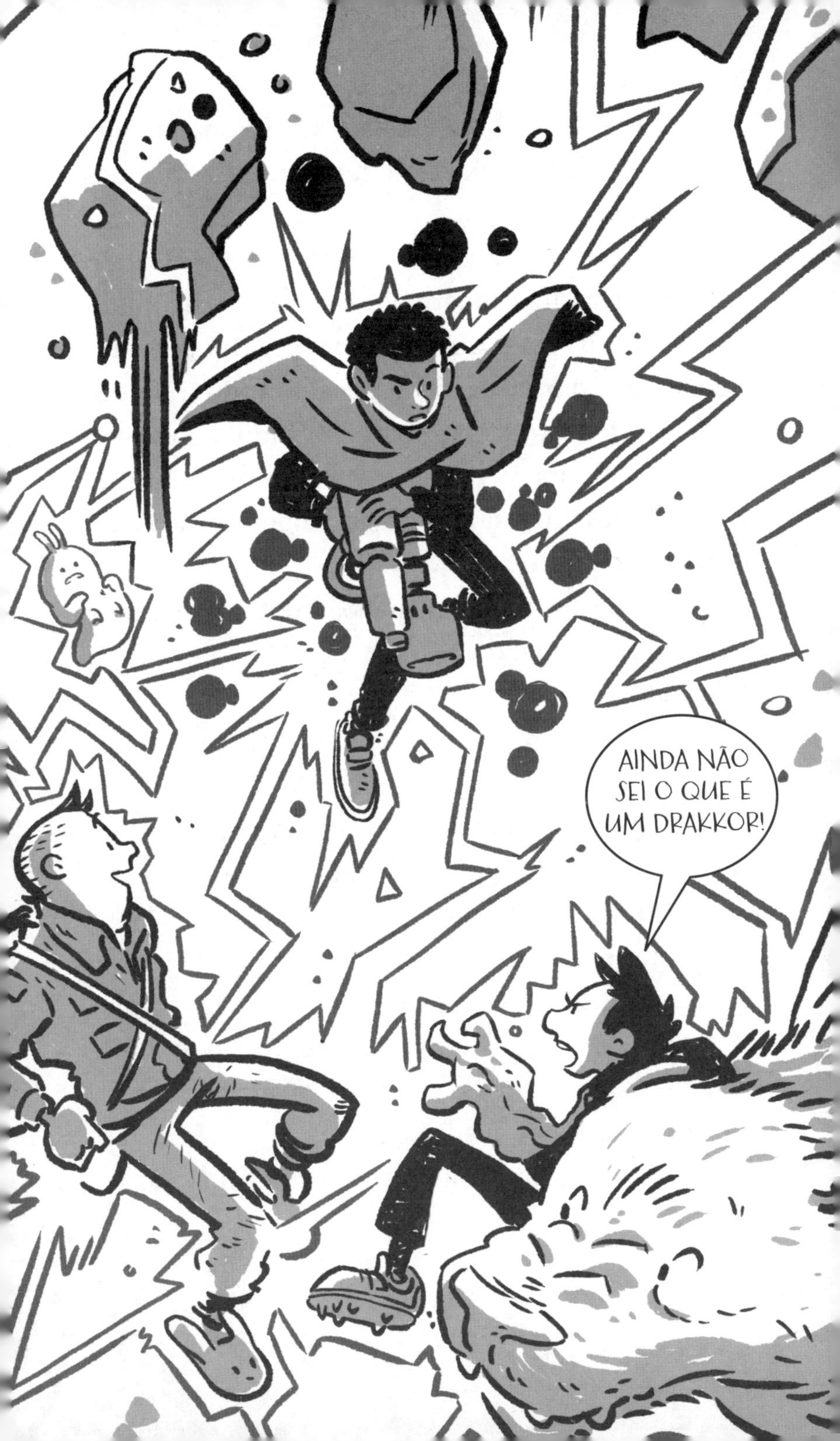
AINDA NÃO SEI O QUE É UM DRAKKOR!

O som de aço batendo contra aço ressoa quando o machado de Skaelka acerta os bráculos afiados de Serrote.

— Esqueça ele, Skaelka! — June grita. — Se não sairmos agora, não poderemos sair de jeito nenhum!

Skaelka olha para baixo por uma fração de segundo, seus pés estão começando a se levantar do chão. Ela baixa seu machado com força, abrindo o chão sob Serrote, que começa a se abrir em duas metades, e as pernas-tentáculos se estendem como elásticos até atingirem o limite.

Skaelka levanta seu machado, pronta para atacar mais uma vez, quando...

WHOOP!

A arma é arrancada de sua mão e carregada em direção ao portal.

— Droga — ela murmura. — Gostava desse.

— AGORA, SKAELKA! — Quint chama. — A conjuração não vai durar muito mais tempo!

Serrote ruge:

— Isso, Skaelka! Corra novamente! É tudo o que você sabe fazer! Eu poderia ter te feito muito mais! Eu poderia ter removido as partes covardes do seu...

E então Serrote é silenciado.

— Hora de ir para casa — Peaches fala quando...

SNIKT!

... seus seis apêndices de espada brilham ao mesmo tempo, cortando as pontas dos tentáculos de Serrote. Isso é tudo o que é preciso, seu apoio está quebrado.

Canhão Johnson agarra três dos tentáculos cortados antes que Serrote possa recriá-los e os puxa para perto do vilão, como uma camisa de força. Peaches pula nas costas de Serrote, com suas espadas se cravando no corpo carnudo e gelatinoso. Dave avança, agarrando a cabeça do Serrote.

Mas Debra se foi há muito tempo, junto com Olho de Lâmpada e cerca de 98% da fortaleza, logo indo para ser 99% porque Serrote agora está flutuando para cima, com Pelotão Valentão todo em cima dele.

— Ah, não — Dirk fala. — Skaelka vai subir com eles!

— Ei, moça, eu gosto de seus movimentos de luta — Canhão Johnson diz para Skaelka, então...

THUNK!

O punho de Canhão acerta o peito blindado de Skaelka, fazendo-a girar descontroladamente no ar, e então...

— Peguei você — Quint exclama quando Skaelka é pega pela força de sua conjuração.

Observamos com espanto e admiração enquanto Serrote e o Pelotão Valentão ganham velocidade, sugados para o céu pelo vórtice, caindo para *cima*.

Dave olha para mim, sua barba balança ao vento e seus olhos piscam misteriosamente.

— Acho que nos veremos em breve, Jack — ele grita.

Mas o quê? O que isso significa?

Eu coloco minhas mãos sobre a boca, gritando para Dave, mas o rugido da fortaleza moribunda abafa minhas palavras...

Serrote se foi, carregado para o portal, levado para casa pelo Pelotão Valentão.

— Uau! — June fala.

Dirk segura o Babão com força.

— Pois é.

Simples assim, eles se foram. Logo, vão chegar à outra dimensão. Se o Pelotão Valentão não acabar com o Serrote quando pousarem, vai saber o que ele contará a Ṛeżżőcħ...

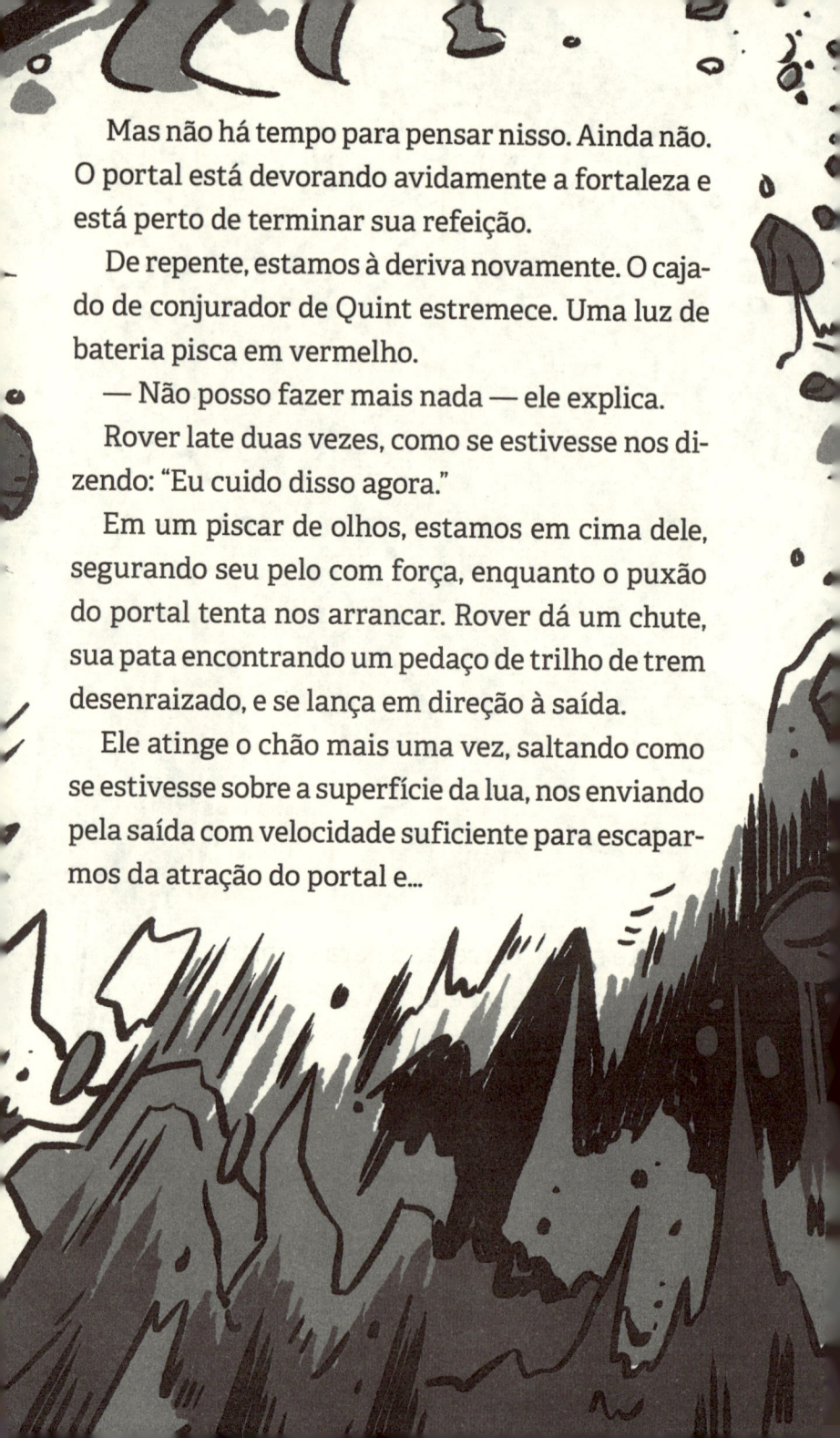

Mas não há tempo para pensar nisso. Ainda não. O portal está devorando avidamente a fortaleza e está perto de terminar sua refeição.

De repente, estamos à deriva novamente. O cajado de conjurador de Quint estremece. Uma luz de bateria pisca em vermelho.

— Não posso fazer mais nada — ele explica.

Rover late duas vezes, como se estivesse nos dizendo: "Eu cuido disso agora."

Em um piscar de olhos, estamos em cima dele, segurando seu pelo com força, enquanto o puxão do portal tenta nos arrancar. Rover dá um chute, sua pata encontrando um pedaço de trilho de trem desenraizado, e se lança em direção à saída.

Ele atinge o chão mais uma vez, saltando como se estivesse sobre a superfície da lua, nos enviando pela saída com velocidade suficiente para escaparmos da atração do portal e...

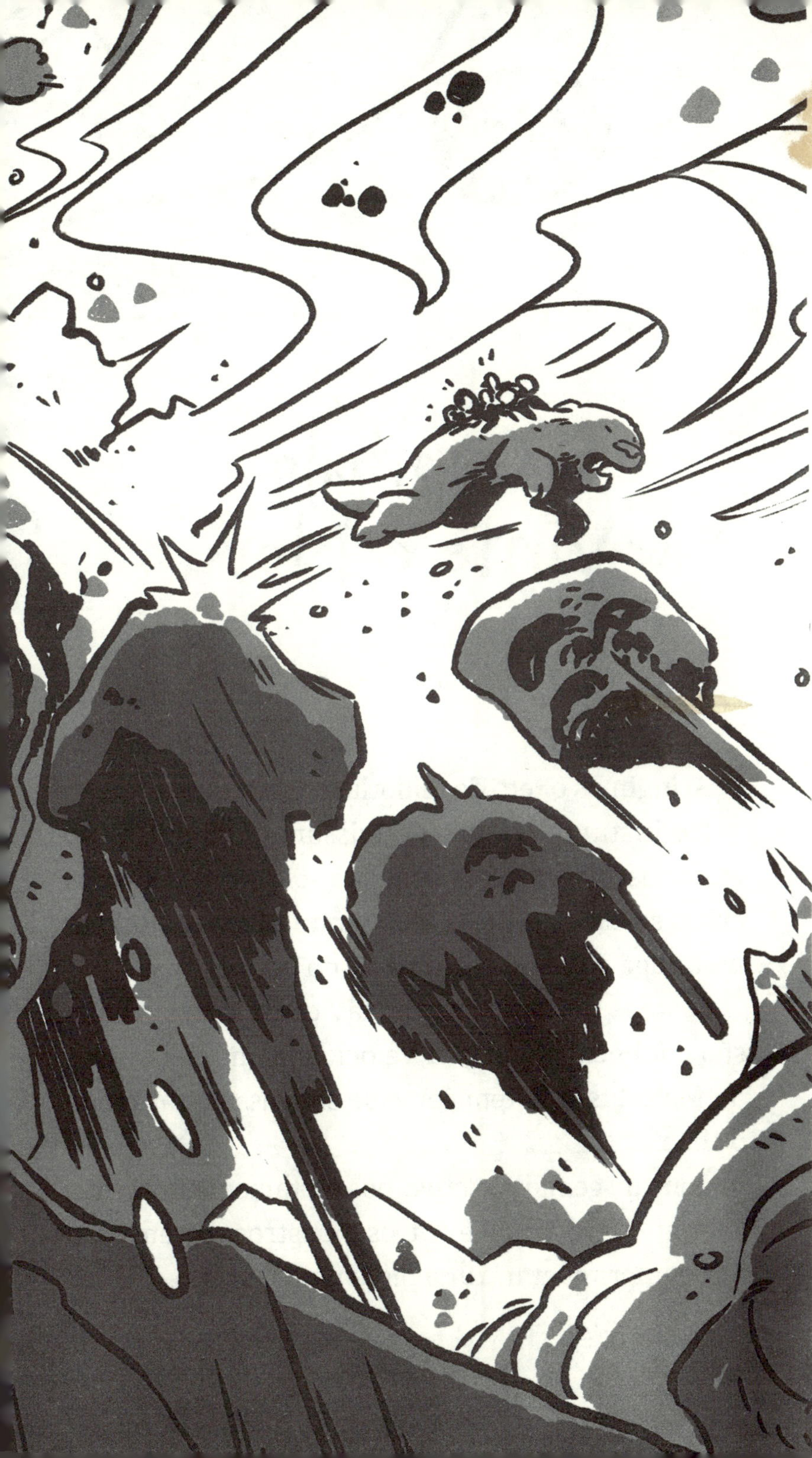

Capítulo Vinte e Nove

Atingimos o teto do Maiorlusco com força.

No instante em que aterrissamos, as pinças do Maiorlusco se chocam contra o solo e seu poderoso casco se eleva, tudo se inclinando ao girar e iniciar uma fuga acelerada das garras do portal.

Lesmas do tamanho de navios de cruzeiro não são conhecidas por sua velocidade, mas as pinças do Maiorlusco batem como se estivessem tatuando o chão.

Com um gemido coletivo, nos sentamos lentamente. Johnny Steve, Smud e outros monstros correm para nos cumprimentar. Yursl pisca para Quint.

— Skaelka — June fala —, por que você não nos disse que a fortaleza estava VIVA?

Skaelka coça a cabeça.

— Eu realmente não sei como poderia ter sido mais clara.

Dirk geme.

— Caí em cima do meu capacete. Ai. — Ele o puxa de debaixo dele e o coloca em sua cabeça. — Vou precisar ficar com ele o tempo todo agora, hein, Jack?

Eu engulo em seco. Ele tem razão. Há zumbis marchando em direção à Torre. Alfred, Esquerda e Glurm estão prestes a fazer muitos novos amigos.

O portal quase terminou sua devoração devastadora e destrutiva da fortaleza. As ruínas restantes são arrancadas da terra.

— Fortaleza — June diz. — Destruída.

Naquele aglomerado final de destroços, mal consigo distinguir Ghazt, ainda amarrado à plataforma. Apesar do vórtice furioso, ela gira lentamente; está carregando o peso de um deus.

Por um segundo, é como se todo o ar do mundo tivesse sido sugado. Relâmpagos brancos e roxos dividem o céu. Tudo estala, e os cabelos da minha nuca se arrepiam.

O portal se contrai, fechando, os restos finais da fortaleza sendo sugados. E, finalmente, quando não é maior que uma pedra no céu...

Uma erupção!

Uma supernova de Terror Cósmico, explodindo em um grande anel de energia, transformando a noite em dia... ofuscantemente brilhante.

Eu vejo Ghazt uma última vez, mas ele parece da mesma forma que o vimos no teatro ABC, quando Evie o convocou para este mundo.

Antes que a convocação desse errado e ele ficasse no corpo de um rato enorme.

Ele não se parece nada com isso agora, aqui, em sua verdadeira forma...

PFWOOM!

E então acabou.

Tudo isso. Ghazt. A fortaleza. O portal. Como se fosse apenas um rasgo no céu que alguém costurou.

De repente, tudo fica muito quieto.

Ghazt, o General, Terror Cósmico, nosso inimigo mortal que se tornou um aliado inesperado, está morto. De verdade desta vez.

Serrote? Eu não tenho certeza. O Pelotão Valentão? Espero que não.

Tivemos a chance de impedir que Ṛeżżőcħ viesse... e falhamos.

Nas palavras imortais daquele cara aleatório que deu seu chapéu a Indiana Jones, no mesmo dia, Indy coincidentemente desenvolveu medo de cobras, ganhou sua cicatriz radical no queixo e estalou um chicote pela primeira vez: "Você perdeu hoje, garoto. Mas isso não significa que você tem que gostar."

Eu não gosto disso.

Mas agora... sou um general? Um líder? Ou pelo menos deveria ser?

E um líder não ficaria parado.

Então usei minha melhor voz de conselheiro de acampamento.

— Velocidade máxima à frente — falo, começando a ficar de pé.

— Vamos precisar de algumas Carapaças. Temos que ir para a Torre. Thrull tem os esquemas e uma vantagem inicial. Não há tempo para descansar, não há tempo para adiar, não há tempo para...

Mas June envolve sua mão na minha. Sua mão humana em cima da monstruosidade que minha Mão Cósmica se tornou. Uma monstruosidade que... também sou eu.

— Fizemos o suficiente por hoje — ela fala, olhando para o céu salpicado de estrelas. — Respire fundo.

— Umas cinco vezes — Dirk pede.

Babão solta um *meep* agudo.

— Ou seis, claro — Dirk acrescenta.

— Eu concordo. Devemos... — Quint começa a dizer, mas antes que possa terminar, seu corpo está caindo contra o meu, sua cabeça em meu ombro, e ele está respirando suavemente.

Rover se contorce atrás de mim, um grande travesseiro. Esqueci como ele é quente. E como seu pelo é macio contra a minha pele. E como me aconchegar nele sempre faz com que eu me sinta em casa.

Skaelka cai em cima dele. Ele lambe o rosto dela. Ela o lambe de volta.

A brigada de criaturas forma uma pilha gigante de aconchego em torno de Rover. E, logo, eles estão todos roncando.

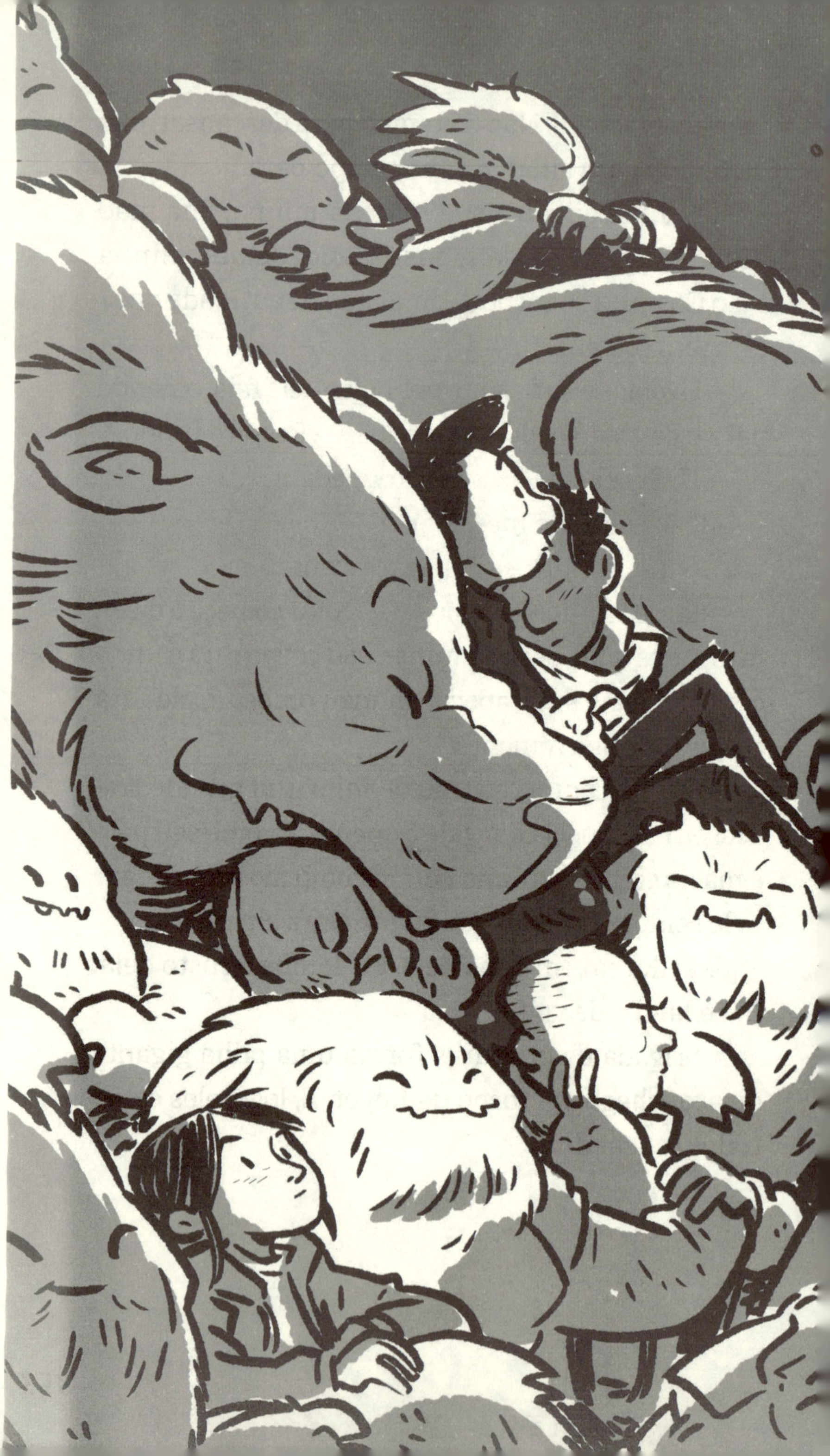

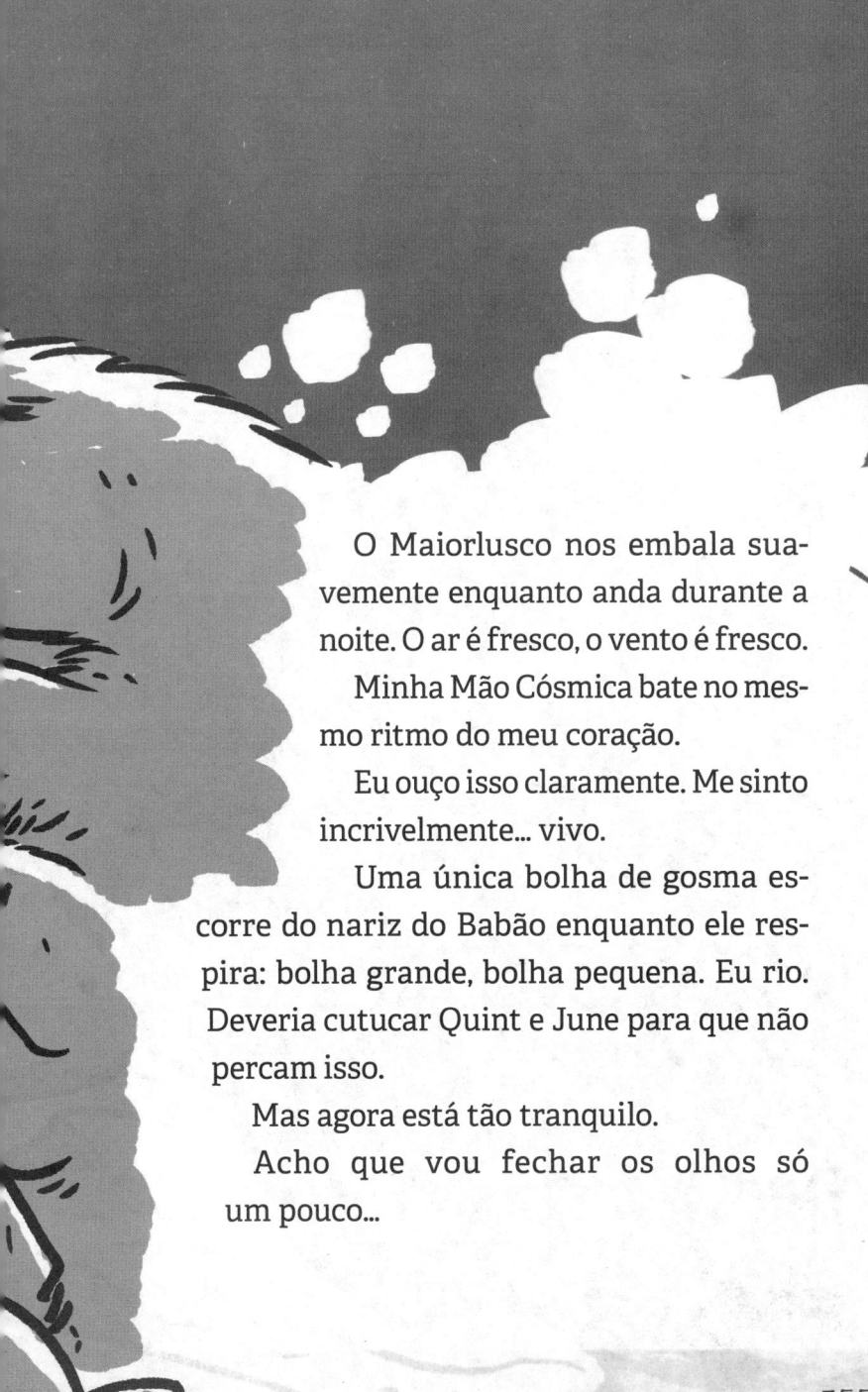

O Maiorlusco nos embala suavemente enquanto anda durante a noite. O ar é fresco, o vento é fresco.

Minha Mão Cósmica bate no mesmo ritmo do meu coração.

Eu ouço isso claramente. Me sinto incrivelmente... vivo.

Uma única bolha de gosma escorre do nariz do Babão enquanto ele respira: bolha grande, bolha pequena. Eu rio. Deveria cutucar Quint e June para que não percam isso.

Mas agora está tão tranquilo.

Acho que vou fechar os olhos só um pouco...

Enquanto isso....

Adeus, Ghazt, sentirei sua falta... mais ou menos!

À frente, Demolidor. Estamos atrasados, muito atrasados pra um encontro importante com... nosso DESTINO...
CONTINUA...

Agradecimentos

Obrigado a tantas pessoas por fazerem tanto: Douglas Holgate, Dana Leydig, Jim Hoover, Ken Wright, Jennifer Dee, Josh Pruett, Haley Mancini, Felicia Frazier, Debra Polansky, Joe English, Todd Jones, Mary McGrath, Abigail Powers, Krista Ahlberg, Marinda Valenti, Sola Akinlana, Gaby Corzo, Ginny Dominguez, Emily Romero, Elyse Marshall, Carmela Iaria, Christina Colangelo, Felicity Vallence, Sarah Moses, Kara Brammer, Anna Elling, Alex Garber, Lauren Festa, Michael Hetrick, Trevor Ingerson, Rachel Wease, Lyana Salcedo, Kim Ryan, Helen Boomer e todos da *PYR Sales* e *PYR Audio*. Agradeço imensamente, como sempre, a Dan Lazar, Cecilia de la Campa, Alessandra Birch, Torie Doherty-Munro e todos da Writers House. Um enorme obrigado a Stuart Gibbs, Karina Yan Glaser, Sarah Mlynowski e Christina Soontornvat por me deixar trocar ideias e outras coisas chatas com eles. E acima de tudo: obrigado à minha família incrível.

MAX BRALLIER!

(maxbrallier.com) é autor de mais de trinta livros e jogos. Ele escreve livros infantis e livros para adultos, incluindo a série *Salsichas Galácticas*. Também escreve conteúdo para licenças, incluindo *Hora da Aventura*, *Apenas um Show*, *Steven Universe*, *Titio Avô* e *Poptropica*.

Sob o pseudônimo de Jack Chabert, ele é o criador e autor da série *Eerie Elementary da* Scholastic Books, além de autor da graphic novel *best-seller* número 1 do *New York Times*, *Poptropica: Book 1: Mystery of the Map*. Nos velhos tempos, ele trabalhava no departamento de marketing da St. Martin's Press. Max vive em Nova York com a esposa, Alyse, que é boa demais para ele. E sua filha, Lila, é simplesmente a melhor.

DOUGLAS HOLGATE!

(skullduggery.com.au) é um artista e ilustrador freelancer de quadrinhos, que vive em Melbourne, na Austrália, há mais de dez anos. Ele ilustrou livros para editoras como HarperCollins, Penguin Random House, Hachette e Simon & Schuster, incluindo a série *Planet Tad*, *Cheesie Mack*, *Case File 13* e *Zoo Sleepover*.

Douglas ilustrou quadrinhos para Image, Dynamite Abrams e Penguin Random House. Atualmente está trabalhando na série autopublicada Maralinga, que recebeu financiamento da Sociedade Australiana de Autores e do Conselho Vitoriano de Artes, além da *graphic novel Clem Hetherington and the Ironwood Race*, publicada pela Scholastic Graphix, ambas cocriadas com a escritora Jen Breach.

CONFIRA OUTROS

- OS ÚLTIMOS JOVENS DA TERRA — A Contra o Apocalipse
- OS ÚLTIMOS JOVENS DA TERRA — A Marcha dos Zumbis
- OS ÚLTIMOS JOVENS DA TERRA — O Rei dos Pesadelos
- OS ÚLTIMOS JOVENS DA TERRA — A Ameaça Cósmica
- OS ÚLTIMOS JOVENS DA TERRA

MAX BRALLIER!
Ilustrado por DOUGLAS HOLGATE

Acesse o site www.faroeditorial.com.br

LIVROS DA SAGA!

e conheça todos os livros da série.

ASSINE NOSSA NEWSLETTER E RECEBA INFORMAÇÕES DE TODOS OS LANÇAMENTOS

www.faroeditorial.com.br

ESTA OBRA FOI IMPRESSA EM JUNHO DE 2023